本书由北京印刷学院"国家一流专业——编辑出版专业建设"经费资助

寻访伦敦查令十字街

叶新 吴雅婷 | 编

Charing Cross Road
London

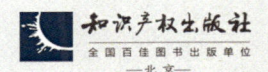

知识产权出版社
全国百佳图书出版单位
—北京—

图书在版编目（CIP）数据

寻访伦敦查令十字街 / 叶新，吴雅婷，编 . —北京：知识产权出版社，2023.4
ISBN 978-7-5130-8717-9

Ⅰ . ①寻… Ⅱ . ①叶…②吴… Ⅲ . ①文学评论—美国—文集 Ⅳ . ① I712.06-53

中国国家版本馆 CIP 数据核字（2023）第 056488 号

内容提要

本书收录了十余位作者的二十多篇文章，是各位作者对《查令十字街 84 号》这本书的探究与解读，以及自己的"书店情怀"。

责任编辑：阴海燕　　　　　　责任印制：孙婷婷

寻访伦敦查令十字街
XUNFANG LUNDUN CHALINGSHIZIJIE

叶　新　吴雅婷　编

出版发行：知识产权出版社有限责任公司	网　　址：http://www.ipph.cn
电　　话：010-82004826	http://www.laichushu.com
社　　址：北京市海淀区气象路 50 号院	邮　　编：100081
责编电话：010-82000860 转 8693	责编邮箱：laichushu@cnipr.com
发行电话：010-82000860 转 8101	发行传真：010-82000893
印　　刷：北京中献拓方科技发展有限公司	经　　销：新华书店、各大网上书店及相关专业书店
开　　本：787mm×1000mm　1/32	印　　张：7.5
版　　次：2023 年 4 月第 1 版	印　　次：2023 年 4 月第 1 次印刷
字　　数：140 千字	定　　价：58.00 元
ISBN 978-7-5130-8717-9	

出版权专有　侵权必究
如有印装质量问题，本社负责调换。

▲叶新（右）在查令十字街与书店老板合影

▲叶新在查令十字街84号原址

▲ 福伊尔斯书店的橱窗

▲夜幕中的福伊尔斯书店

《查令十字街84号》不同语种版本封面
及海莲·汉芙其他作品封面

英文版

84, Charing Cross Road,
Grossman, 1970 ▶

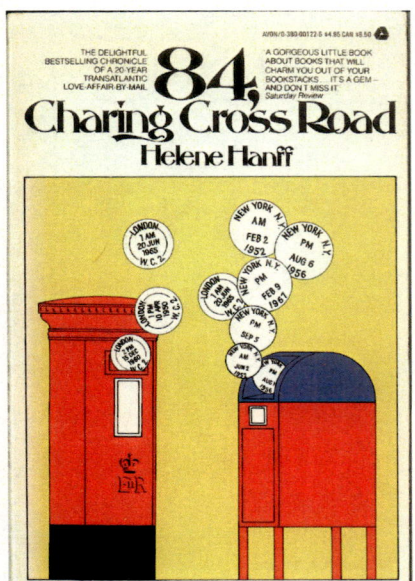

◀ *84, Charing Cross Road,*
Avon, 1974

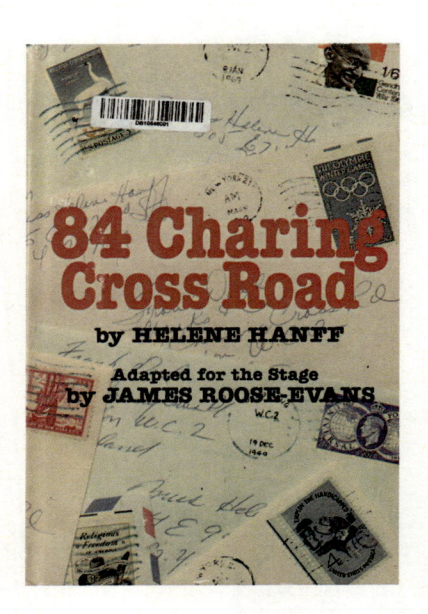

◀ *84, Charing Cross Road* (剧本版), Nelson Doubleday, 1983

84, Charing Cross Road, Grossman, 1975 ▶

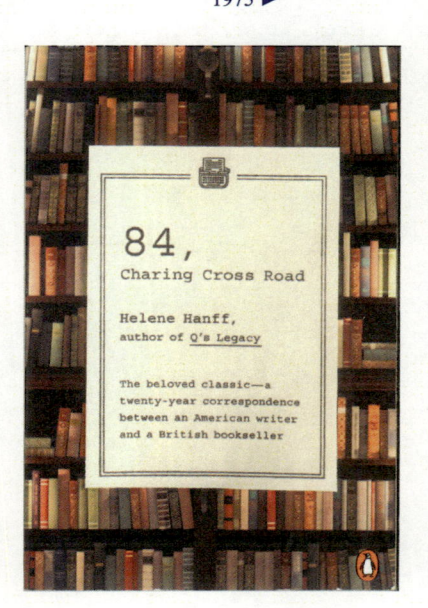

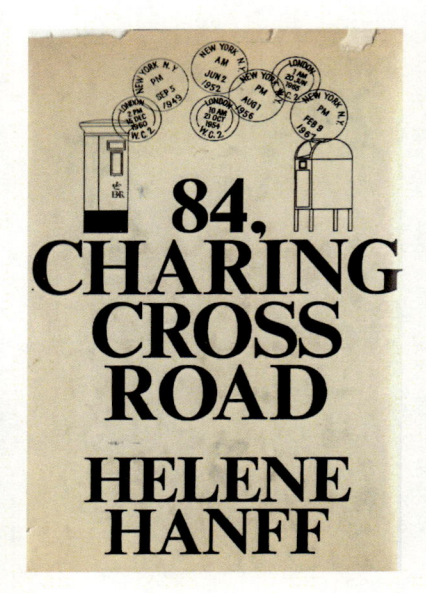

◀ *84, Charing Cross Road*, Penguin Books, 1990

84, Charing Cross Road, Futura, 1976 ▶

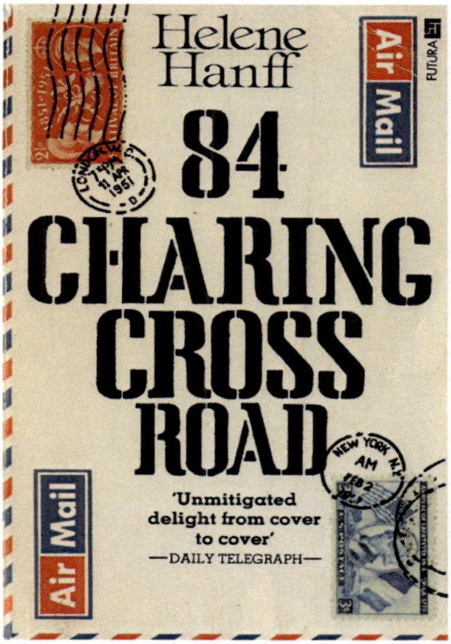

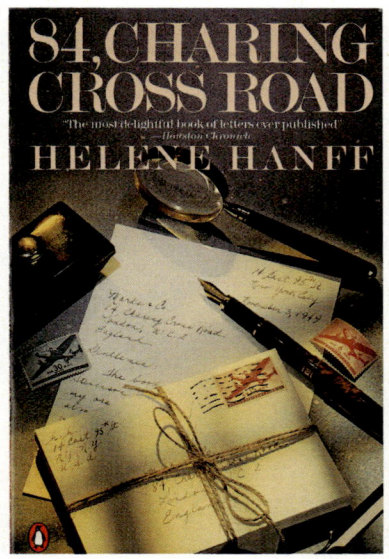

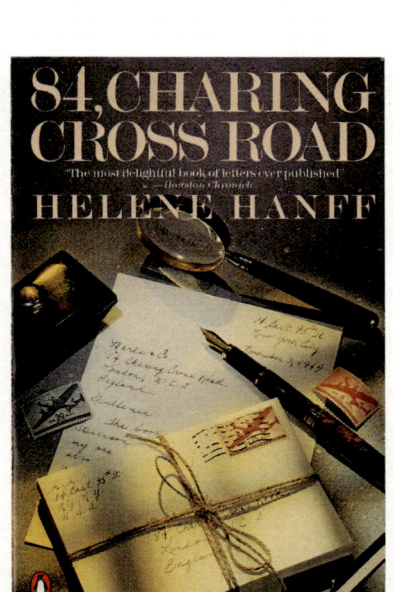

◀ *84, Charing Cross Road*, Penguin Books, 1990

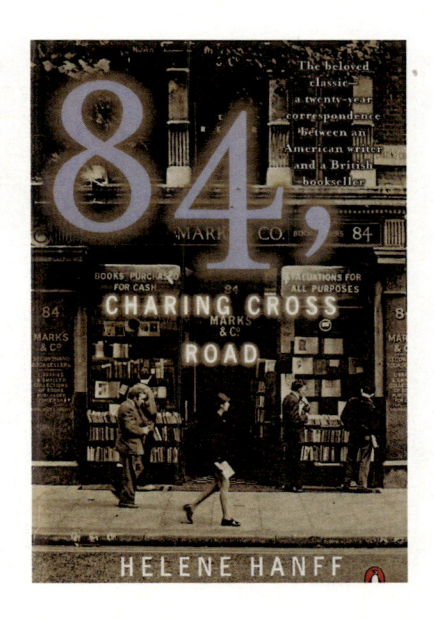

84, Charing Cross Road, Penguin Books, 1990 ▶

◀ *84, Charing Cross Road,*
Hoffmann und Campe, 2017

德文版

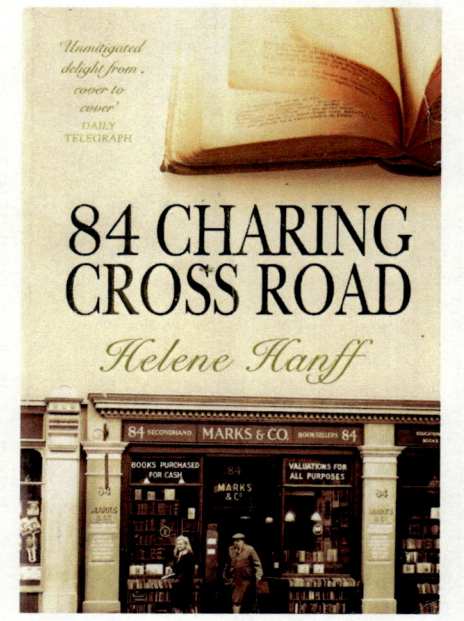

84, Charing Cross Road,
Virago Press, 2002 ▶

日文版

『チヤリンゲ・クロス街 84 番地』，江藤淳译，美国读者文摘杂志社日本分社，1972 ▶

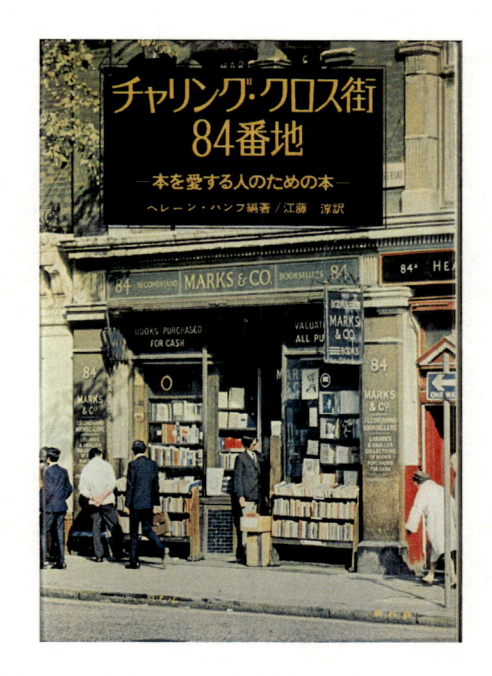

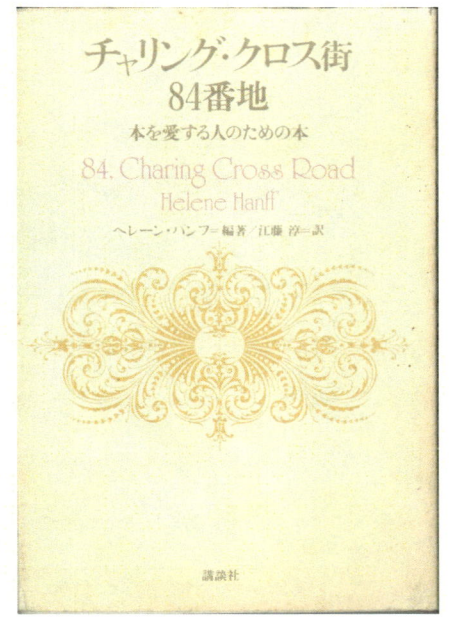

◀『チヤリンゲ・クロス街 84 番地』，江藤淳译，讲谈社，1980

◀『チヤリンゲ・クロス街84番地』,江藤淳译,中央公论社,1984

『チヤリンゲ・クロス街84番地』,江藤淳译,中央公论新社,2001 ▶

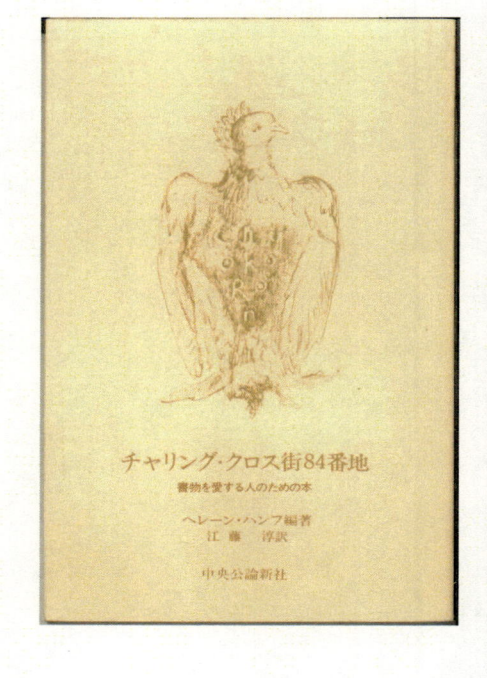

中文版

《查令十字路84号》，
陈建铭译，时报文化
出版公司，2002 ▶

◀《查令十字路84
号》，陈建铭译，译
林出版社，2005

◀《查令十字路84号》(珍藏版), 陈建铭译, 译林出版社, 2016

改编电影海报

84 Charing Cross Road, 电影《迷阵血影》海报, 1986 ▶

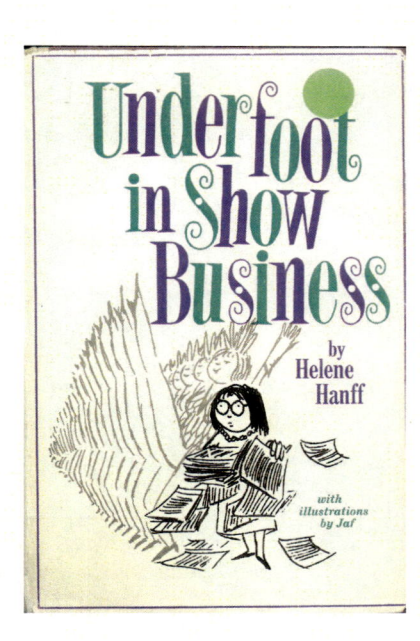

海莲·汉芙的其他著作

◀ *Underfoot in Show Business,*
Harper & Row, 1961

The Duchess of Bloomsbury Street,
Lippincott, 1973 ▶

◀ *Apple of My Eye,*
Doubleday & Company,
1978

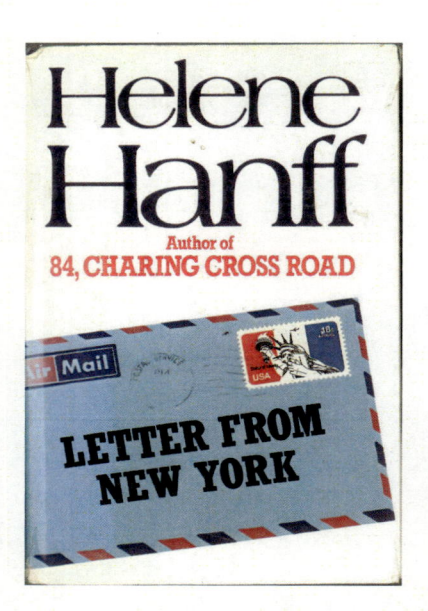

◀ *Letter From New York*,
Aurum Press, 1992

《重返查令十字街 84 号》,
程应铸译,
南海出版公司, 2019 ▶

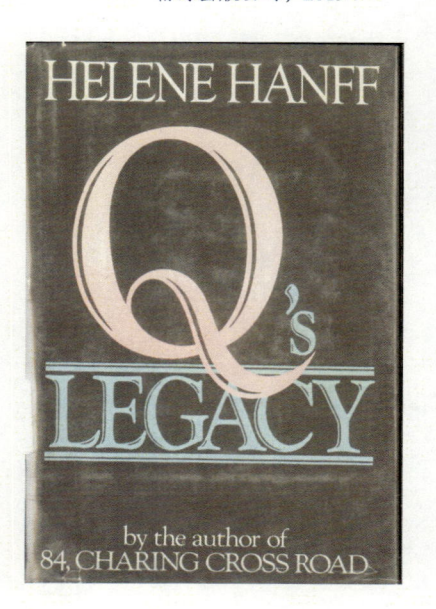

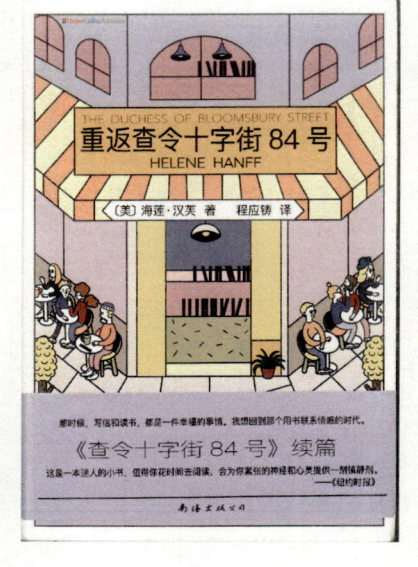

◀ *Q's Legacy*,
Little & Brown,
1985

目 录

- 《查令十字街 84 号》背后的故事
  ——以此纪念海莲·汉芙诞辰 100 周年 / 叶新 / 1
- 寻访查令十字街 84 号 / 杨小洲 / 14
- 《重返查令十字街 84 号》：一段全世界爱书人膜拜的时光 / 姚峥华 / 18
- 纸上云烟　平平漠漠 / 朱丽丽 / 23
- 消逝的查令十字街 84 号 / 陈夏红 / 30
- 《查令十字街 84 号》：我们究竟在读什么？ / 芦珊珊 / 36
- 书店话今昔
  ——追记伦敦查令十字街之旅 / 叶新 / 45
- 海莲·汉芙和简·奥斯汀 / 叶新 / 50
- 《查令十字街 84 号》在华人世界传播的四个推手 / 叶新 / 59
- 《查令十字街 84 号》在日本的出版 / 叶新　郑丹 / 72
- 《查令十字街 84 号》背后的"金小姐" / 叶新 / 82
- 140 年前，最早到英国查令十字街访书的中国人 / 叶新 / 91

寻访伦敦查令十字街

- 查令十字街上的民国访书者身影 / 叶新 / 94
- 从未到过，何来重返 / 叶新 / 100
- 缺憾也是一种圆满 / 后宗瑶 / 104
- 电影《北京遇上西雅图之不二情书》中《查令十字街84号》的隐喻艺术 / 张颖婷 / 108
- 只是恰好遇见你，《查令十字街84号》/ 王燕 / 114
- 《查令十字街84号》的文字语言与镜头语言 / 张颖婷 / 118
- 坐标系下的查令十字街84号 / 翟欢 / 139
- 机缘·爱情·刚刚好 / 潘俊辰 / 145
- 见与不见，书店都在那里 / 李斌 / 150
- 符号学视野下的书店功能探析 / 叶新 / 155
- 无人为孤岛，一书一世界
  ——读《岛上书店》有感 / 叶新 / 168
- 《电子情书》
  ——书店的傲慢与偏见 / 翟欢　叶新 / 174
- 青年季羡林清华购书记 / 叶新 / 184
- 实体书店的另类回归
  ——亚马逊、当当开实体书店 / 王薇 / 197
- 试析电商企业开设实体书店的模式创新
  ——以当当网为例 / 陈思淇　叶新 / 209
- 后　记 / 220

《查令十字街84号》背后的故事
——以此纪念海莲·汉芙诞辰100周年

叶 新

第一部分

说到《查令十字街84号》的创作、出版与传播，一切都要从1949年9月的某一个秋夜开始。

这一天的晚上，33岁的纽约"剩女"海莲·汉芙（Helene Hanff, 1916年4月15日—1997年4月9日）打开了《星期六文学评论》（*Saturday Review of Literature*），浏览到它的绝版书店广告。因为纽约城包括巴诺书店（Barnes & Noble Booksellers）在内的旧书店乏善可陈，因此位于英国伦敦一家名为"马克斯与科恩书店"（Marks & Co.）的广告引起了她的注意。虽然它位于本版不太显眼的位置，但是"古董书商""查令十字街84号"（84, Charing Cross Road）这样的字眼让她眼前一亮。英国书业的历史比美国的要长得多，查令十字街又是欧洲有名的书店街，也许有她在美国

寻访伦敦查令十字街

搜寻不得的价廉物美的旧版书吧。因此海莲于同年10月5日试着给该书店去了一封信，附上一份书单，包括赫兹里特（Hazlitt）的散文、斯蒂文森（Stevenson）的作品、利·亨特（Leigh Hunt）的散文、拉丁文版《圣经》等。这些全是她"目前最想读而又遍寻不着的书"，因为她只是"一名对书本有着'古老'胃口的作家"。

没想到，才过了20天，该书店一名落款简写为"FPD"的"店员"就给海莲报告了好消息：赫兹里特的散文、斯蒂文森的作品均能找到寄上；拉丁文版《圣经》虽然没有存书，但是有可替代的两种《新约全书》。不过，"FPD"也承认利·亨特的散文"目前颇不易得见"，答应代为搜寻。回信的口气彬彬有礼，服务极为周到，给她留下了好感。与此同时，该书店寄出的书籍也在漂洋过海中。11月3日，这些书就到了海莲的手中。她拿到斯蒂文森的书，第一感觉是"简直不晓得一本书竟也能这么迷人，光抚摸着就教人打心里头舒服"。

后来，海莲才知道这位"FPD"就是书店经理"Frank Doel"（弗兰克·德尔），一个尽卖便宜好书给她的好心人。马克斯先生和科恩先生两位合伙人之外职位最高的就是他了。这就开启了海莲和弗兰克两人长达20年的"爱书人之旅"。在这20年的职业生涯中，弗兰克要么到乡下去收书，要么在书店卖书，几乎没有到纽约出差的机会，而海莲几度有来伦敦"朝圣"的打算，但最终因为这样那样的原因没有成行。但是她相信,"书店还在那儿",弗兰克也会一直在那儿。

第二部分

　　如果不是1969年1月8日的一封来自该书店的信,一切也就就此渐渐湮没下去了吧。虽然两人之间的通信早已经超越了买书人和卖书人的关系,在1968年10月16日弗兰克给海莲的信中,落款"弗兰克"之前终于多了"love",变成了"爱你的弗兰克",但是还能怎么样呢!这只是两人心里深藏的小秘密罢了。这么多年的通信也只会藏在房间的某个角落里,最多是偶尔拿出来翻读,聊以慰藉罢了。

　　到了这个时候,虽然在哈珀出版社(Harper Publishers)的编辑吉纳维芙·杨(Genevieve Young,中文名"杨蕾孟",杨光泩的女儿、顾维钧的继女)的帮助下,海莲矢志的写作事业有了些许起色,1961年出版了《混迹演艺圈》(*Underfoot in Show Business*),销量还说得过去,但是她的其他几部书稿被哈珀先后退了稿,只能写写给青少年看的、没有版税可拿的一些历史小书。大学都没怎么上过的她,是想在纽约的文学界闯出一片天地。不过她不得不承认,她是一个失败的戏剧作家、一个无能的电视界边缘从业者、

寻访伦敦查令十字街

看不到发表前途的儿童历史书写手。

此时的海莲虽然孤身一人，身无分文，前程暗淡，但依然没有放弃。1969 年 1 月初的一天，她一大早就起来，在各个图书馆之间穿梭，为的是查找美国人权审判的文本资料。直到下午六点，她才抱着一大摞书回到家，照例从门口的邮箱取了邮件，由于手头拿着的东西太多，也没法一封封地细看，只见最上面有来自马克斯与科恩书店熟悉的小蓝信封。

海莲觉得有些异样，因为弗兰克经常把她的姓名和地址打成一行，并且写上她名字的全称，而这个信封上她的姓名和地址被打成了两行，而且名字"海莲"简写成了"H"。当时，她就想："他已经离开书店了。"虽然心中有一丝隐忧，她也没有多想是怎么回事。

因为忙了一整天，海莲又累又饿，情绪低落。她将信放在桌子上，准备等吃完了晚饭才看。她先来了杯马提尼酒，边喝边做《卫报周刊》（Guardian Weekly）的填字游戏。喝完酒放下未做完的填字游戏去做饭，饭吃完，填字游戏也终于做完了。这时，她泡了一杯咖啡，点上一支烟，心情变得舒坦起来，接着想道："要是他离开了书店，我有他家的地址，就可以直接写信给他和他妻子诺拉了。"然后，她拆开了信件，没想到看到的是一个惊天的噩耗。

原来，这封 1969 年 1 月 8 日由秘书琼·托德（Joan Todd）小

《查令十字街84号》背后的故事
——以此纪念海莲·汉芙诞辰100周年

姐从书店寄出的信上写道:"我非常遗憾地向您告知:德尔先生甫于上年12月22日(周日)去世了。丧礼则已在今年1月1日(周三)举行。"原来,弗兰克12月15日突然患急性盲肠炎被紧急送到医院,因病情扩散,导致腹膜炎并发而于一周后不治。

海莲原先心中的一丝隐忧终于得到了最为残酷的印证:那个离她很远、心实际最近的人已经与她永远阴阳相隔了。而就在弗兰克死前不久,该书店的合伙人之一马克斯先生也过世了。她深切地感到:这两人的去世,就好像已经成为她生活中不可或缺的一部分的马克斯与科恩书店,也从她身边被夺走了。她开始大哭,不能自已,不断喃喃自语:"我要为此写点什么。"

她停止了哭泣,浑身变得冰冷。她想如果要写点纪念性的文字,就必须找到弗兰克给她的信件。她开始翻箱倒柜,终于在一个抽屉里找到了一个扁平的蓝包裹。她在桌子上倒出了所有的信件。弗兰克给她的信最多,其他有的是弗兰克的妻子诺拉写来的,有的是书店里的女孩们写的,还有一封是德尔家隔壁的博尔顿老太太写的。此外,她还发现了一张弗兰克神气地站在新买的二手车旁的照片。

海莲读了一整晚的信,到上床时心情好了很多。她想起,《纽约客》杂志会刊登一些信件形式的短故事,如果她把和书店的往来书信加以适当的编选,也许《纽约客》会采用这样的文章。

寻访伦敦查令十字街

第三部分

虽然弗兰克死了,但她的生活还是要继续。直到3月份,这篇文章才断断续续地写完,不过有67页之多。她之前曾有幸在《纽约客》刊登过一篇文章,只有这篇的三分之一。因此,她不知道该往哪里投,想着要么先送给杨蕾孟看看吧。

因为这篇文章还没有题目,因此她直接用一页纸打了马克斯与科恩书店的地址——查令十字街84号,作为临时的篇名。这样的篇名对美国人来说没有任何感觉,但是杂志的编辑在审稿时会根据文章的内容改个合适的篇名。她就把文章寄给了杨蕾孟,附上一张字条,上面写着"我该拿它怎么办?"

几天以后,杨蕾孟打来了电话,对她说:"我爱死它了,我都看哭了。为什么你以前总是送些我出版不了的稿子呢?"

海莲回答说:"如果投给《纽约客》,它太长了。我想你可以告诉我投哪儿为好。"这时,她听到了电话那头的叹气声。对方说:"让我想想吧。"

一两周后,杨蕾孟又打来了电话,说:"我们出版社的销售经理也干一份古董书商的兼职。因此我把你的稿件给了他,他对我说:'我爱死它了。但是如果要出版它,我不得不说,它并不好卖。'因此我又把稿子往上递交给了董事长卡斯·坎菲尔德(Cass

Canfield)。他说：'它太激动人心了。但是，它太薄了，而且由书信编成。你也知道，书信体的书都不好卖。'"

海莲听到这儿，不耐烦地说："谁告诉你们它是一部书稿。它才67页！我只是觉得你会告诉我一些文学季刊，我好给它们投稿。要投给像《纽约客》这样的杂志，它太长了！"

杨蕾孟说："这就是问题所在。要出书，它太短；要出刊，它太长。怎么都不合适。"因此，对方把稿件退还了她，她丢到了桌子上，就这样过了几个星期。

一天晚上，美国联美电影公司（UNITED ARTISTS）的剧本编审玛娅·格雷戈里（Maia Gregory）打电话给海莲，让海莲去她家。她就住在同一栋大楼的另一个单元。海莲每周为她审读一部小说，看是否有可能买下版权拍成电影。玛娅这次又要给她派活了。

临出门之前，海莲随手从桌子上抓起了那篇稿子带到身上。当玛娅把要审读的小说校样拿给她时，她也把那篇稿件递给了对方，说："帮我个忙。你有时间的话，能否看看这篇稿件，将我可以删掉的信件打个叉，我想投给杂志试试，但是它篇幅太长了。"不过，她没想到玛娅当晚会看。

第二天上午，海莲正在写审读报告的时候，玛娅打来了电话。她说："我认识一个出版商，他会争着抢着要出版它。今天中午，

寻访伦敦查令十字街

我要和他一起吃饭。我可以给他看看吗？"海莲没理由反对。

两个星期以后的一天早晨，电话铃响了。对方说："是汉芙小姐吗，我是迪克·格罗斯曼（Dick Grossman）。"说完等了一会儿，很明显希望她做出适当的反应。迪克曾在西蒙－舒斯特出版社工作过，跳槽创办了格罗斯曼出版社（Grossman Publishers），1965年出版了拉尔夫·纳德（Ralph Nader）最好的一部"耙粪"作品《任何速度都不安全》(Unsafe at Any Speed)，在纽约出版界和文学界颇有名望。但是令人尴尬的是，她对此没有任何反应。对方接着说："是你的出版商。"

海莲茫然地说："我没有名叫'迪克·格罗斯曼'的出版商。"

对方说："我马上就会成为你的出版商！我们将会出版《查令十字街84号》。"

海莲说："出成书还是杂志？"对方说："当然是书。"

"你疯了！"这是海莲听到后的第一反应。

几天以后，海莲去了格罗斯曼出版社，这是迪克经营的一家小出版社。除了收在稿件里的信件，该社的编辑想要阅读弗兰克寄来的所有信件。除了收入这些信件，书稿还得收入海莲的所有回信，以及其他相关信件。这样，在编辑和海莲的共同努力下，这部书稿最终勉强撑到了90页，显得厚了些。

兴奋之下，海莲忘了告诉编辑，查令十字街是伦敦的一条街名，美国的读者对此一无所知，这部书稿需要一个新的书名。不然，在她的余生里，她的邻居和客人会经常提起他们是多么喜欢她这本名为诸如《查令十字街64号》或者《十字街47号》的小书。

因为赶不上1969年的秋季书目了，迪克想在1970年的秋天推出这本书，计划9月问世，并且在各个报刊上提前打了广告。

这时一封来自马克斯与科恩书店的信给本书的出版做了悲催的"应景"。信中说："在查令十字街经营50年之后，我们将于本年底关闭。作为对本书店的悼念，你的书将是它的一份讣告。"该书店的另一个合伙人科恩先生也去世了，他的后人无意经营书店，只好关门了事。冥冥中好像马克斯与科恩书店希望用这样的方式，为以它的地址命名的这本书的出版出一份力。毕竟人不在了，书店也不在了，这是对该书店最好的纪念。

第四部分

在该书出版的前后，首先是美国大报《纽约时报》刊登了一篇双栏的书评，接着全美各地报刊的书评纷至沓来。期发量高达1500万份的《读者文摘》（Reader's Digest）第一时间做了摘登，带给海莲的是一张8000美元的支票。她简直难以置信，十年来一直囊中羞涩，没想到会突然来了这么大的一笔钱。

寻访伦敦查令十字街

一开始，这本书销量平平，业内报纸评价说这是一本只在小圈子流行的书籍。而这正是海莲最初给她的定位。畅销或者长销，《查令十字街84号》绝对属于后者。

由于海莲当时的住址"305 East 72nd Street，New York，21，N.Y."（纽约州，纽约市东区，第72大街305号）被印在该书的天头位置，而她的电话号码又印在曼哈顿的电话本上，因此她每天早上都能收到满满一信箱的信，来信或打电话的人都自称是她的忠实粉丝，有的远在英属哥伦比亚的乔治王子岛，有的说自己是一个爱斯基摩人的妻子，最近的乡镇离她有300公里之远。有位84岁的老先生杰伊·施密特一周来一个电话，坚持了两年之后就不再来电，显然是去世了。这样的情形持续了很长时间，证明该书的反响之好。

1971年元旦以后，出版商迪克来电话告知她："英国出版商安德烈·多伊奇（André Deutch）希望在伦敦推出本书的英国版。他是英国最优秀的、最有品位的出版商。你找不到比他更好的出版商了！"

几个星期以后，海莲的代理人弗洛拉·罗伯茨（Flora Roberts）来电话说安德烈·多伊奇的出版合同到了，英国版的出版日期是1971年6月，预付款是200英镑。海莲没有多想，就说："告诉他预付款不用寄，6月我会去伦敦自取。"

过了这么多年，弗兰克过世了，马克斯与科恩书店也倒闭了。海莲终于要去她魂萦梦牵的伦敦了。这一次，她在英国足足待了五周。

英国读者的反响比美国更为热烈。因为海莲的这本书是在向她向往的英国文化致敬，仿佛让失去"日不落帝国"地位的英国在它的前殖民地面前扳回了一些尊严：还好我们还有悠久的历史、灿烂的文化。

这五周的英国盘桓为海莲带来了另一本畅销书《布鲁姆斯伯里的女公爵》(*The Duchess of Bloomsbury Street*，1973年)。这一次，杨蕾孟不再放手，毫不犹豫地为新东家利平科特出版社(Lippincott)出版了它。这两本书的出版为海莲带来了更多的、更疯狂的粉丝。

1973年7月的一天，海莲收到了一张明信片，寄自在伦敦度假的一对纽约夫妇，明信片中说他们是《查令十字街84号》的铁杆粉丝，在查令十字街上看到了空荡荡的马克斯与科恩书店。他们还说："我在这里遇上了你的朋友，来自奥马哈的丹·凯利(Dan Kelly)，他说他告诉过你，要把书店的招牌带给你。"

海莲完全不记得有这回事，也没放在心上。11月的一天晚上，电话铃响了，对方说："嗨，我是奥马哈的丹·凯利。"他说给她带来了书店招牌，因为1972年他在查令十字街84号附近发现马

寻访伦敦查令十字街

克斯与科恩书店的招牌在风中摇晃,就想:"我要为海莲偷了这块招牌",而海莲在回信中说:"为什么不呢?"她只是随口说说,已把此事忘得一干二净。

在第二年的夏天,丹·凯利又一次来到了伦敦旅游。他去了伦敦市政厅,被允许拆下这块马克斯与科恩书店的招牌。就这样,它漂洋过海来到了海莲的身边。这是粉丝带给海莲最好的礼物。它被海莲放在房间里书架的最上方,像一个守护神一样忠实地看护着那些她从马克斯与科恩书店购得的"古董书"。

1975年,BBC将《查令十字街84号》第一次拍成了电影。六年以后,它被英国戏剧界改编成了舞台剧。再过了六年,它又再一次被美国人改编成了电影,由安东尼·霍普金斯(Anthony Hopkins,饰弗兰克·德尔)、安妮·班克罗夫特(Anne Bancroft,饰海莲·汉芙)、朱迪·丹奇(Judi Dench,饰诺拉·德尔)等"老戏骨"饰演,风靡一时。这本"爱书人的圣经"也一直在西方国家长销不衰。直到2001年,作为唯一有幸在作者生前采访过她的华人,来自中国台湾的著名书人钟芳玲写下了她的名篇《查灵歌斯路84号》,随即收入她的《书天堂》,第一次向华人世界全面介绍了《查令十字街84号》和它的作者。随后,这本书被另一个台湾书人陈建铭首次翻译成了中文,先后在海峡两岸的时报出版社(2002年)、译林出版社(2005年)出版。从此,这首动人的爱书

《查令十字街84号》背后的故事
——以此纪念海莲·汉芙诞辰100周年

之歌也在华人世界不断传唱,引得一波又一波的中国人去查令十字街朝圣,其中也包括2009年正在英国留学的我。与莎士比亚书店一样,这个业已不存的书店至今还留在人们的记忆中。

如今,与《查令十字街84号》有关的弗兰克、海莲、弗洛拉等已不在人世,更不用说书店早已关门大吉,书店的老招牌也被拆运到美国,不知所终。据多次到访该地的钟芳玲记载,"查令十字街84号"已经改为"剑桥圆环24号"(24 Cambridge Circus)。但是,今天去这个地方的人们,还能在墙上看到这样的铭牌:"查令十字街84号,马克斯与科恩书店的旧址,因为海莲·汉芙的书而闻名天下。"(译文),这就够了!正如钟芳玲所说:

"查灵歌斯路84号"是一个门牌号码、一本薄薄的书信集、一出舞台剧、一部电影,但它更是一个催化剂,引发出一串串的巧遇、善心与联想,丰富了我和许多人的经历与回忆。

(注:本文的大部分内容编译自海莲·汉芙的文学自传《Q的遗产》,部分信件内容译文参考了译林出版社《查令十字街84号》2005年版)

(刊载于《中华读书报》,2016年4月6日)

寻访查令十字街 84 号

杨小洲 *

If you happen to pass by 84 Charing Cross Road, kiss it for me! I owe it so much. ——若你恰巧经过查令十字街 84 号，代我献上一吻，我欠她良多。

一生穷苦又爱书如命的女作家海莲·汉芙这句话，让《查令十字街 84 号》成为经典。其实这本书信集缘来是书，要静下心来方可读出趣味，这位善写剧本的女子笔下许多文字描写颇具诱惑，又以一则自身从 1949 年至 1969 年持续 20 年的简单故事感动全世界读者，也让来伦敦淘书的书虫们拄杖问讯，探梅寻芳。这家业已关闭的马克斯与科恩书店虽时运不济，却声名远播，引来不远万里的新老书虫踟蹰在伦敦街头。很难说清这种明知这家书店早

---

* 杨小洲：作家，著名出版人。已出版《快雪时晴闲看书》《夜雨书窗》《牡丹诗帖》《立春以后》《抱婴集》《逛书店》《伦敦的书店》，长篇小说《玫瑰紫》等，编有出版《书房一角》系列 20 种。

已不复存在却仍要一探究竟的情感到底何为，仿佛查令十字街84号已成为爱书标志，书虫们来此地朝拜只为表明心志，阐释情怀。

　　伦敦深秋，高阳晨辉沐浴着大地，温暖如同北京之春，只是人间四月天尚未到来，天地间春秋大义懒与评说。清早到达查令十字街时，书店都未开门，沿着阳光铺满的道路由北朝南走去，用相机拍摄路边书店景象，直到西索巷依然静寂少见路人。返回来见到开门的书店便踅进去，这样挨家挨户逛下来已是夜色降临，路灯初上，饥肠辘辘，正巧在早晨到过的查令十字街路口见到一家餐馆，透过橱窗看见里面幽暗的灯光既像酒吧又像餐厅，本想进去吃喝一番，但背囊里斩获的书籍沉重，又因住宿的酒店离此不远，便先行将书送回去。待第二天再逛查令十字街，过路口往南书店较多，看到墙面上查令十字街82号，相邻是SEVEN DIALS的橱窗，再往南是街口上的KOENIG BOOKS，路对面是查令十字街83号，一座古老的教堂，来回找了几遍都不见查令十字街84号门牌。若从外表看，SEVEN DIALS橱窗位置像是马克斯与科恩书店旧址，从门牌推算，82号边上的SEVEN DIALS也应该是84号，虽有疑虑，还是将此当作84号拍照留念。但回到酒店上网查看《查令十字街84号》封面上旧照片，对比发现橱窗上方楼房的窗户有异，显然84号不是我拍照的这个位置，只好再度前往查令十字街，重新查找查令十字街84号。

寻访伦敦查令十字街

算来这是第三次到查令十字街，举目四望仍然觉得SEVEN DIALS橱窗位置属于84号，顺着橱窗绕到SEVEN DIALS正门，又觉得这里肯定不是想要寻找的地方。一番好生奇怪，如果那栋旧书店的楼房还存在，那么84号就依然存在。按此推测，忽然灵光闪现，意识到唯有一种可能，就是找错了方位，之前固执地认为查令十字街84号在十字街南端，因这边书店密集，而82号就在十字街口，很容易由此误导方向，使人产生错觉。也许我精诚所至福入心灵，返身折回，朝十字街北边牛津街方向走去，来到昨天拍照的CHARING CROSS ROAD WC2标牌下，一眼便看见橱窗大理石柱壁上贴着一块铜质圆牌，虽字迹不甚清晰，但84号低沉地刻在上面：84 CHARING CROSS ROAD THE BOOKSELLERS MARKS & CO. WERE ON THIS SITE WHICH BECAME WORLD RENOWNED THROUGH THE BOOK BY HELENE HANFF（查令十字街84号是马克斯与科恩旧书店原址，因海莲·汉芙的书而名满世界）。天啊，查令十字街84号，这里居然就是我昨天拍照，到晚上想进去饱餐一顿的地方，早知如此，真该到里面小坐豪饮，像所有的书虫一样凭吊曾经美好的旧书岁月：

甜心儿：

这是一间活脱从狄更斯书里头蹦出来的可爱铺子，如果让你见到了，不爱死了才怪。

店门口陈列了几架书，开门进去前，我先站在外头假装随意翻阅几本书，好让自己看起来像是若无其事地逛书店。一走进店内，喧嚣全被关在门外。一阵古书的陈旧气味扑鼻而来。我实在不知道该怎么形容：那是一种混杂着霉味儿、常年积尘的气息，加上墙壁、地板散发的木头香……店内左手边有张书桌，坐着一位年约五十、长着一只贺加斯式鼻子的男士。他站起身来，操着北方口音对我说："日安。"我回答说我只是随意逛逛，而他则有礼貌地说："请。"

极目所见全是书架——高耸直抵到天花板的深色的古老书架，橡木架面经过漫长岁月的洗礼，虽已褪色仍径放光芒。接着是摆放画片的专区——应该说：一张叠放着许多画片的大桌台。上头有克鲁克香克、拉克姆、斯派和许许多多我叫不出名字的英国插画家的美丽画作；另一边还放着几叠迷人的古旧画刊。

（引陈建铭译文）

这是《查令十字街84号》书中1951年9月10日由玛克辛在伦敦写给海莲·汉芙的信里对马克斯与科恩书店的描述，直令爱书且多情的读者柔肠寸断。书店在1930年几经搬迁落脚于斯，到1977年歇业，列位看官见此所感，当不免泪朦双眼，心戚戚然。

2014年12月22日，北京

《重返查令十字街84号》：
一段全世界爱书人膜拜的时光

姚峥华 *

前不久我去了一趟英国伦敦，到了著名的查令十字街，那家在美国女作家海莲·汉芙笔下的著名书店当然早已不存在。但我还是想看看现在是家什么样的店。

记得原先有人写过，是一家咖啡馆。可是，我到了街的拐角，门牌82号之后，看到一家咖啡店，但号码似乎不确切。我在门口张望了半天，以至于年轻的店员都奇怪地看着我，以为有什么不妥。我只好走进去问他们关于那家全世界的书友都知道的书店，对方的眼神很是茫然，不过很热心地告诉我，沿着街继续走，有很多家书店。他们说的没错，继续往前走，就有英国最大连锁书店水石书店。还有很多家二手书店。

---

* 姚峥华：广东人，现居深圳。资深媒体人，高级编辑。多年来致力于书人系列写作，出版有《书人肆记》《书人为伍》《书人陆离》等。

《重返查令十字街84号》：一段全世界爱书人膜拜的时光

可是，查令十字街84号，昔日的马克斯与科恩书店，就是海莲·汉芙与书店经理弗兰克从1949年到1969年，通信了近二十年，并将信件集以《查令十字街84号》为名出版，引起轰动的那一家书店，究竟在哪里？

我不死心。这是一个十字路口，四个拐角，我只看了一个，其他三个也同样存在着可能性。过马路，街的对面是一家麦当劳。我有点失望，正想走过，却在店门的墙边上，看到一块小小的铜牌，上边赫然写着"查令十字街84号"。天呵，真的成了麦当劳了。

我不知道海莲·汉芙要是活着，会怎么想。

回到国内，鬼使神差的，我竟然在书架上看到了海莲·汉芙的《重返查令十字街84号》，一本刚刚引进出版的新书。

这里先来回放一下关于查令十字街84号的信息。20世纪40年代，三十三岁的海莲是个穷困潦倒的美国女作家，但爱书如命。因为纽约的书很贵，她按照报纸广告推荐，写信到英国伦敦的马克斯与科恩书店，希望购买绝版旧书，没想到很快得到书店经理弗兰克的回信。

弗兰克是个严肃古板但很专业的书商，海莲要的各类稀奇古怪的旧书他都能找到，而且细心地为她留意不同版本。他们之间建立起了友谊。

那时候，英国处于战后重建时期，物资匮乏。海莲开始给书

寻访伦敦查令十字街

店的人邮寄整箱的鸡蛋和大块大块的火腿。

1949年弗兰克在一封回信中说，您的礼品包裹于今日平安抵达，并已均分给大家。您所寄来的物品，我们不是久未看到，就是只能偶尔在黑市匆匆一瞥。您能这样子顾虑我们，实在是太亲切也太慷慨了，我们都深怀感激。

书店的人则给她送了漂亮的手工桌布。书信往来也开始从海莲和弗兰克之间扩大到海莲和书店员工以及弗兰克一家人之间。通信频率不一，有时候一个月好几封，有时候一年几封。对话内容从最初的找书扩展到相互发牢骚扯家常。

在通信中，海莲对伦敦充满了向往。她写道："请多来信告诉我关于伦敦的一切。我幻想着那一天快点到来——我步下轮船、火车，踩上布着灰尘的人行道……我要走遍柏克莱广场，逛尽温柏街；我要置身在圣保罗大教堂；我要趺坐在伊丽莎白拒为阶下囚的伦敦塔的台阶上……我到英国是为了探寻英国文学。"

1970年，海莲将这些通信集结成《查令十字街84号》出版，名声大振。此时，弗兰克已去世两年。随后，应伦敦出版商的邀约，海莲终于踏上了她魂牵梦绕的伦敦。此时是1971年。她来到已经停业的书店，环顾着空荡荡的房间，满是灰尘的书架，想起与弗兰克通信的点点滴滴，百感交集。她在日记里写道：

我开始走回楼下,心中想着一个人,现在已经死了。我和他通了这么多年的信。楼梯下到一半,我把手放在橡木扶手上,默默地对他说,"怎么样,弗兰克?我终于到了这里。"

尽管《查令十字街84号》热销,并没有使海莲富有,不过她收到了数以百计的来信和电话,这使她恢复了一路走来丢失已久的自信和自尊。

在伦敦的四十天时间里,她和弗兰克的妻子、女儿一同观看戏剧,和众多的粉丝一起活动,在伦敦塔观看守卫队锁塔门仪式,拿读者送的礼品券到哈罗德百货公司买礼物,参观圣保罗大教堂,也瞻仰了卡尔·马克思的墓地,看了罗斯福纪念碑,在罗素广场漫步,去狄更斯故居,还有莎士比亚酒馆,以及白金汉宫,温莎堡,伊顿公学,三一学院……她带着温情和怀想,像旧地重游。对这辈子唯一的一次也是最后一次的伦敦行,她丝丝入扣地写进了每天的日记里。返回美国后,旅行见闻以日记的形式出版,这就是我手头上的《重返查令十字街84号》。

1975年,英国广播公司(BBC)第一次将《查令十字街84号》拍成了电影。1981年,它被英国戏剧界改编成了舞台剧。1987年,它再一次被美国人改编成了电影,而这本书,在各个国家长销不衰。我看过最早的版本是译林出版社出版的我国台湾译者陈建铭先生的译本。

寻访伦敦查令十字街

海莲·汉芙终身未婚，1997年在纽约逝世。享年81岁。

幸运的是，四十多年前海莲·汉芙走过的地方，我刚刚走过。而我所追寻和所膜拜的，和全世界的爱书人一样，是从查令十字街84号开始。

2019 年

纸上云烟　平平漠漠

朱丽丽 *

　　查令十字街 84 号的经典故事，常常令人觉得温情脉脉，带着古典时代的余香。此时此刻，再回味这样一个故事，真是觉得不可思议，又一切恰恰好，尽在情理之中。

　　书信来往，二十年始终不曾相见，终身的友谊与知己。这个故事中的温情与伤感，正有一切爱好旧的古典事物的人所迷恋的那种节制的美好。万事万物，都停留在微妙的分寸上。虽然缘吝一面，但是世人竟然替他们庆幸多于惋惜。意识到这一点的时候，我更深一层地感知到，古典的世界永远失落了。古典的英雄、古典的爱情、古典的友谊，绝不会留一个犹疑的开放的空间，它会告诉我们一个明朗的结局，哪怕这结局是挥挥衣袖，不带走一片云彩。身处当代世界，我们有诸多的不确定。不确定对世界是否

---

* 朱丽丽：安徽六安人，现居南京。文学博士。现为南京大学新闻传播学院教授，博士生导师。

寻访伦敦查令十字街

应该保有信心，不确定善恶有报，甚至对于时间和空间的感觉也是不确定的。空间可以折叠，有平行空间，想想《黑客帝国》和《北京折叠》；普通人对于时空的感受，大概从1999年的《罗拉快跑》开始，就开始游戏化了。时空变成通关打怪。2022年一开始，全民热议的电视剧《开端》竟是一个"无限流"剧本，也就是时空可以一遍遍重来。当然这个编剧的笔法现在看来已不觉新鲜。但是时空观念的转变已经下沉到最通俗的电视剧，说明我们这个时代已经结结实实地变成了一个加速社会。一切都在加速裂变，一切也在加速失去。

　　此时此刻，重读这本经典。我的心中竟然也是庆幸多于感伤。这种庆幸还不仅仅在于男女主的美好的情愫对于人类感情的慰藉，还在于它有太多的偶然，这个故事居然保留了下来，印成文字，并传播了出去。我们越熟谙历史，越是明白这其中的小概率。每个时代都有许多精彩的人、精彩的故事，但是大多数都默默无闻，湮没在历史云烟里。能够留在历史中，除了才智事功，还需要绝大的运气。大部分的天才生前都极其寂寞，更何况这两个人只是普通的文艺中年。一个潦倒不堪的纽约单身女作家，一个谨小慎微维持一家旧书店的伦敦中年店主。他们各自的生活充满了困顿与平庸。海莲·汉芙是个郁郁不得志的作家和编剧，剧本少人问津，生活窘迫，看牙医或旧公寓拆迁等突发事件就能够让她遭遇经济难关，一次又一次不得不放弃去伦敦的心愿。而弗兰克·德尔在"二战"后经济萧条和物资紧张的年代，惨淡经营着一家岌岌可危的旧书店，对他的家人、店员及邻居而言，一盒鸡蛋、一只火腿和一双丝袜，都是天上掉馅饼的馈赠。人类刚刚经历过惨烈的世界大战，世界、物质文明几乎被摧毁殆尽，一代知识分子的幻灭与迷惘弥漫了东西方。这个微不足道的故事中有一种细微的坚忍的力量，那就是文明的微光给予卑微辛苦的世界片刻脱离尘世的力量。

这是予以人类信心的文字，正是那些穿越时空的书籍，给予后世无穷无尽的欢乐。前人的灵魂、智慧、热情尽在一本带有岁月痕迹的旧书中。海莲说："我爱极了那种与心有灵犀的前人冥冥共读，时而戚戚于胸，时而被耳提面命的感觉。"书信的男女主角正是极其懂得这种快乐的少数的人类。他们不仅是店主和买家的关系，也是因为共同的爱好惺惺相惜的知音。只有他们才能会心一笑，对于平庸版本的吐槽，寻找到一本珍本、善本的狂喜，以及与一本心头好错失良缘的扼腕叹息。书籍，作为古老的媒介，大概是人类文明史中贯穿时间最长、最深入人心的载体。对一本好书的珍惜，以及对爱书的同道的珍惜，的确可以超越时空，超越平庸琐屑的生活，令人狂喜。

寻访伦敦查令十字街

　　十数年前，我在伦敦曾经路过这家查令十字街书店，那时候，它已经大名鼎鼎，成为路人口耳相传的一个景点。我的记忆已经模糊了，记得它是非常普通的一间旧书店。如果这本书信集没有成为畅销书，它无疑会被湮没在伦敦大街小巷的旧店中。但是文化史或者文明史就有这种奇妙的勾连作用，普通的景点，普通的生活，因为勾连起历史的人事，而幽发出绵绵不绝的想象。时至今日，查令十字街书店，已经成为一个符号，爱书人的符号，一段书信之交的知音清曲。虽然它的起源与过程是那么的寻常，但当它终于落幕之时，却在万千人心中激发长久的回响。是的，那是因为，查令十字街书店的故事，并不是力拔山兮气盖世的英雄故事，它默默地藏在普通人的日常生活中，既有对文化和传统的珍视，又与普通人在患难岁月中的情义相连接。海莲·汉芙只是一个普通的购书者，清贫度日。但当她得知英国正处于战后严重的物资匮乏中时，慷慨地为素昧平生的书店员工邮寄火腿、鸡蛋等美味，为他们的圣诞添加一些快乐，只为了报答他们为自己寻找好书的心意。她甚至还记得给德尔先生的女眷们邮寄了战后被视为奢侈品的丝袜。而德尔的家人和店员们面对这份善意表现出了十足的感恩。他们接二连三给海莲回信，分享日常生活。德尔先生的邻居，博尔顿老太太给海莲寄去了手工编织的桌布。保守拘谨的英国绅士弗兰克·德尔，在书信中说，任何时候，海莲来到伦敦访问，橡原巷37号将为她提供一个房间，没有期限。

特别令我心有所感的是海莲的精神世界。她有一个想象中的英语文学的古典世界，优美的语言和文学，是属于她一直向往而无缘踏足的古典英国的，也是属于伦敦这座老城市的。这既可以看作新大陆对旧大陆的迷恋与想象，也可以看作现代人对古典文化的痴迷。这种爱好与想象自有其不切实际或者虚无缥缈的成分，然而保有了一个浸淫在古典文化中的人对传统的温情与敬意。正是带着这样的珍惜之情，海莲才一次次欢呼雀跃弗兰克或者是小小的查令十字街书店带给她的精神盛宴。弗兰克为她寻找的每一本旧书，都连接着她魂牵梦绕的伟大的莎士比亚的国度，伟大的英国文学的传统。这个迂阔的、有点疯癫的女人，很可能貌不惊人、脾气不好、潦倒不堪，但因为其智识和趣味的不凡，我一直觉得她是这数十年来最能打动读者的形象之一。就像她无数的女性前辈一样，简·奥斯汀、勃朗特姐妹、弗吉尼亚·伍尔夫……

这些书信起于偶然，私人信札最能见真性情。所以，这位小姐直率而娇嗔，时而评论先贤时人，时而幽发思古之情，时而牢骚满腹。她给弗兰克的信，就像是对一个最贴心的知己，甚至像是对空言说，她的爱憎、忧愁、慷慨、直率乃至娇嗔，都毫不掩饰。因为隔着遥远的距离，也自带一种飘忽的气质。这种古典时

寻访伦敦查令十字街

代的书信之交,恐怕是最能够滋生精神之爱的温床。据说这是一个白羊座女子,她的热忱与天真似乎透过纸背,不仅感染了弗兰克,也感染了所有这本书的读者。至于典型的英国绅士弗兰克,一直拘谨而克制。直到通信若干年后,才应海莲的要求,将称呼从小姐改为亲爱的海莲。这本书大热之后,海莲·汉芙终于踏足伦敦,也出过另外的游记和追述。但是没有这位如同定海神针一样的精神知己,她再也没有写出比这些涂鸦的信件更好的文字。这就是最好的结局吧。人生知己原本就是罕少而贵重的。正如伯牙子期的故事,知音走了之后,弦断无人听。再也没有那些灵思妙语了。

海莲因为拮据与繁忙,最终没有在弗兰克生前踏上伦敦的土地。这一对精神知己的友情,永远停留在纸上,成为一段云烟。

查令十字街书店的故事复述起来无比简单,却有一种难言的隽永和温情。我们对旧文化和旧传统究竟应该持有怎样的态度?时代轰轰向前,在当下经常听见这样的唱衰声,数字时代的到来意味着纸媒必然的衰落,更勿论旧书籍和旧书店了。然而,人类是个复杂的存在,喜新与怀旧从来都是杂糅交错的。旧传统,比如翻阅一本纸本,触觉与视觉的熨帖,比如逛一家熟悉的书店,那种静谧与安心感,是形形色色的新媒介无法企及的。书籍,是古老的行业与媒介,它层累了文明的味道。国家可以消亡,城市可以坍塌，王侯将相才子佳人终成枯骨，但文化生生不息，弦歌不辍。这就是书香的复杂含义，这也是书籍给予读书人的意义。

  这是书香滋养出的故事，清淡而韵长。我想这不仅是海莲和弗兰克的幸运，也是我们的幸运。这个故事也让我看到了写作的意义。正是这隔着山海的对空言说，记录了一对普通爱书人的美好情谊。写作，在许多时候，都是自渡。两个普通人无心插柳的书写，成为一段纸上佳话。这段云烟存在过，与其他稍纵即逝的云烟不同，它因为出版而被世人看见。海莲和弗兰克毕生心仪与守护的那个文学的世界，书籍的世界。终于，他们自己的生命也凝结成为这个世界的一部分，正如使他们结缘的诸多书籍一样。他们的灵魂、经历与文字留了下来，成为书籍的一部分，成为文学的一部分，成为历史的一部分。对读书人而言，这是最好的慰藉与安排。

2022 年 2 月 21 日

消逝的查令十字街84号

陈夏红 *

若你恰好路经查令十字街84号，代我献上一吻，我欠她良多。

我是带着海莲·汉芙的心愿，去寻访查令十字街84号的。

失望的84号之旅

脑海里，汉芙便是电影中安妮·班克罗夫特的形象，徐娘半老，风韵尚存，嗜书如命，对内容、版本与装帧的偏爱，到了近乎矫情的地步。更为关键的是，她作为一个穷困的作家，收入不高，品位不低，无相夫之劳形，无教子之乱耳，一人吃饱，全家不饿，身为单身大龄文艺女青年，淘书、读书、写作是她生活的全部。

---

* 陈夏红：甘肃岷县人，现居北京。法学博士，编审。现为中国政法大学破产法与企业重组研究中心研究员，《中国政法大学学报》编辑部主任。全国人大财经委破产法修改起草组成员。国际破产协会（INSOL）、欧洲破产协会（INSOL Europe）、美国破产学会（ABI）会员。

这次，自打定下英伦行程，我便一直琢磨着去查令十字街84号"她的书店"看看，以此向这位书痴致敬。可是，我比她还失望。

电影中，汉芙走下黑色出租，单薄的身躯在查令十字街上的旧书铺中逡巡。好不容易，她发现了84号，停了下来。20年前，她便想着要来这个地方，但迫于生计，迟迟未能成行；她能否来到这里，成为她和马克斯与科恩书店诸员工乃至他们的邻居交流的重要话题之一。20年后，她终于站在这里。

书店的门早已斑驳，推开门，空空如也，几张废纸杂乱无章地躺在地上，尘封的蜘蛛网在弱光下些微可见。显然，这里人去楼空已不是一天半天。汉芙站在那里，打开记忆的闸门，尘封的往事汩汩而出。

故事源于1949年10月5日海莲·汉芙致马克斯与科恩书店的一封信。身在纽约的她，酷爱英国文学，在纽约淘书无果，便照着《周六文学评论》上的广告，与这家千里之外的书店发生了联系。一来二往，她的率性天真、她的豪爽大方，加上包括弗兰克·德尔在内所有书店员工的积极回应，使得本来极其简单的买卖关系，在食物、圣诞卡片等小礼物的映衬下，镀上了一层人性的光芒，充满文艺范儿的暖色调。

她在寻找她的书店，更是在寻找她的弗兰克·德尔。我来了，你在哪？

寻访伦敦查令十字街

与汉芙相反,我是从加拉塔法尔广场出发,顺着查令十字街一路北上,沿街找去。在处处逼仄、拥挤的伦敦,这条名为"查令十字街"的街道,绝对算是主干道,车水马龙,络绎不绝。或许是太急于看到查令十字街84号,再加上初冬时分伦敦的天本来就黑得很早,暮色中,我艰难地就着路灯的微光,一家家确认着门牌号,生怕一不小心错过这一书虫的圣地。当我数到82号时,仿佛胜利的曙光就在眼前,满心欢喜真是无以言表。

去伦敦之前,我已知道《查令十字街84号》中的马克斯与科恩书店早已于1970年12月关门大吉,店面由"柯芬园唱片行"经营,店门口挂着的圆牌上写着"查令十字街84号,因海莲·汉芙的书而举世闻名的马克斯与科恩书店原址。"我期待看到这些。我相信,只要看到这块圆牌,便如同看到马克斯与科恩书店的灵魂,仿佛这间书店仍在营业。

长出一口气,过个路口,接着找。当满心期待的84号应该且即将出现在我面前时,我却无论如何找不见它的影子。稍微往前走,便是88号了。无奈之下,折返回来,继续找,过个路口,又回到82号。我颇为肯定地告诉同伴,查令十字街84号就在这几步之间,但我确实找不到。往复多次,我也有点灰心了;后来还是通过谷歌地图定位,才确认我们就站在查令十字街84号的门前。

后来通过比对不同时期查令十字街 84 号的图片，我才发现，书店关门后，这里先后开过唱片行、零售店，后来改由一家名为"Med Kitchen"的餐厅经营。而到最近几年，这里便变成了一家名为"Leon de Bruxelles"的比利时餐厅。更令人沮丧的是，我几乎连那块圆牌也没有看到，尽管我还对着那块圆牌上方的街道名拍了照。

消逝的慢生活

随着《查令十字街 84 号》一书的畅销和电影的大热，这里越来越成为全世界读书人的圣地。甚至还有网友于 2003 年 3 月专门建了一个名为"重返查令十字街 84 号"的英文网站，专门收集并共享马克斯与科恩书店的历史，以及 20 世纪 40 年代至 70 年代间店主及员工的资料。十多年来，该网站一直在更新，已累计有近 20 万人次的访问量。这种热闹本身，其实足以说明汉芙的查令十字街 84 号已经消逝了。

与查令十字街 84 号一起消逝的，是我们曾经拥有的慢节奏的生活。随着计算机技术的革命，时间、空间都几乎荡然无存，电子邮件读秒间即可到达收件人的服务器。更要命的是，我们的阅读、写作几乎已经全部电子化；打开手机，各种碎片化信息便铺

寻访伦敦查令十字街

天盖地,热闹却无聊。我们再也难以体验到汉芙上穷碧落下黄泉找书的艰辛,再也难有汉芙抚摸一本挚爱之书时内心的愉悦,再也难有读至激动处手倦抛书的快感,再也难有汉芙那样发自内心觉得"亏欠"书店"良多"的负疚和感激。

汉芙的故事之所以打动人,首先靠的是慢节奏,一封信来来往往便要好多天,几十本书的事,便能够延宕二十年,直到主人公们都驾鹤西归。这个故事之所以打动人,更靠的是感动——当弗兰克和他的同事们,不辞劳苦为海莲·汉芙找到遍觅不得的书,汉芙的感动溢于言表;而当汉芙为弗兰克和他的同事们寄去火腿、鸡蛋等食物,在战后物资极度紧缺的伦敦,便又招来更多的感动。人与人之间的相处,有时候很简单,给对方最想要的,你便能收获最大的感激。

这是一个关于书的故事,但书的背后是人。那么,海莲·汉芙和弗兰克·德尔之间存在爱情吗?这绝对是一个区分一个人八卦与否的问题。爱是一种想象,但这首先是当事人之间的想象。从纽约到伦敦,从汉芙到德尔,这种相隔千里的精神之恋,颇有李之仪笔下"我住长江头,君住长江尾,日日思君不见君,共饮长江水;此水几时休,此恨何时已。只愿君心似我心,定不负相思意"的味道。不过,我倒不认为海莲·汉芙和弗兰克·德尔之间存在爱情。正如鲁迅评价读者看待《红楼梦》的眼光:"经学家看见《易》,道学家看见淫,才子看见缠绵,革命家看见排满,流言家看见宫闱秘事",汉芙与德尔之间的爱情也只是某些读者的美好想象罢了。

我不知道海莲·汉芙的查令十字街 84 号之旅是如何结束的。当我在华灯初上的夜晚离开"她的书店"——已荡然无存的查令十字街 84 号时,内心颇为怅然,既有失望,也有释然。脑海里,突然涌出杜拉斯的华章:"我已经老了,有一天,在一处公共场所的大厅里,有一个男人向我走来。他主动介绍自己,他对我说:'我认识你,永远记得你。那时候,你还很年轻,人人都说你美,现在,我是特为来告诉你,对我来说,我觉得现在你比年轻的时候更美,那时你是年轻女人,与你那时的面貌相比,我更爱你现在备受摧残的面容。'"

这些话,正是我想对查令十字街 84 号"她的书店"说的。这次访问查令十字街 84 号之旅,正如王献之雪夜访戴,乘兴而来,兴尽而返,找到与找不到,它都在心里。想到这里,我决定代汉芙为查令十字街 84 号献上一吻,然后去附近的唐人街觅食。

(载于"马蜂窝旅行家"专栏,2014 年 12 月 8 日,http://www.mafengwo.cn/traveller/)

《查令十字街84号》：
我们究竟在读什么？

芦珊珊*

虽然爱书的年份不算短，接触出版也有二十年，可知道这本书却是近十年的事情。与这本书的流行节奏明显不太符合，这是绝对的后知后觉。真正开始阅读之前，大多数人都会了解故事的梗概，会怀着一种近乎朝圣的心情去读。我也不例外。

书极小巧，字数很少，一个晚上读完刚刚好。这部书所有的内容都由你来我往的信件组成，读来就仿佛对面坐着一位老友，正在与你娓娓交谈。配上原版本作者的幽默语言和陈建铭的精彩翻译，气氛显得十分轻松。读完一夜好眠，睡前还迷迷糊糊琢磨了一下这两个有趣的灵魂。之后我经常会在闲暇时候把这本书拿出来翻一翻，随意打开一页读上一读，那感觉就像与一位老友随意寒暄两句：很贴心、很能相互懂得、没事各忙各的有事随时都在的那种老友。纵

---

* 芦珊珊：湖北武汉人。管理学博士。现为湖北第二师范学院副教授。

然这本书在世界范围内都有了惊人的销量和知名度，我依然觉得这本书是安静的，有那种与世隔绝而不自知的静谧之美。

一千个人眼中就有一千个哈姆雷特，每个人爱这个书的理由也会不尽相同：有的人读到让自己感同身受的对书籍的执着；有的人读到绵延二十年的难得情谊；有的人读到那份遥远深长的对英伦文化的向往……于我而言，这些似乎都不完全确切。

文辞优美的语言吗

这本书主要作者是海莲·汉芙和弗兰克·德尔。

前者长期生活在美国纽约，是这座闻名世界的文化之城中一位默默无闻的以文字为生的人，很难称为作家。她修改过一些没有什么大名气的剧本，出版过日记体的纽约市导游册《我眼中的苹果》，自传《Q的遗产》和其他几本销量平平的书。到后来主要写一系列以青少年为读者对象的美国历史读物，大多恐怕只能算"编"，不能称作"撰"。这些作品文从字顺词能达意是没有问题的，偶尔或者也还有一些文采，但是如果从语言欣赏的角度去读，恐怕就乏善可陈了。也许从未想过出版，日记本来就写得比较随意，作者本人的语言驾驭能力绝非上乘。她本人也在1951年9月15日的信中向友人自嘲"书店简直被你写活了——你的文笔实在比我好得太多啦！"这句话或许有恭维的成分在内，但通篇读完，也确实很难找到多少文辞优美的语言。

后者是一位书店的店员，为书店服务了四十年，对各类古旧书了如指掌，对英国文学更是如数家珍。

感人肺腑的爱情吗

很多人认为海莲和弗兰克是有爱情的，并且因为精神恋爱已久而从未得见，更加显出这份跨越国界的爱情难能可贵。有人从信件称呼的变化中看出了这份爱情的端倪。也有人分析在弗兰克去世后，其妻子诺拉给海莲的信中写道"不瞒您说，我过去一直对您心存妒忌，因为弗兰克生前如此爱读您的来信，而你们俩似乎有许多共通点"，以此来断定他们之间相互钦慕已久。

诚然，生与死、爱与恨、战争与和平，是所有文学作品永恒的主题。可我不愿意将他们之间的爱定义为爱情。爱有很多种，情也有很多种。在我看来，如果仅仅因为他们是一男一女就觉得一定会产生爱情，并不成立。这窄化了他们之间的情谊。他们更应该是知己，是从未谋面、永远牵挂的知己。钟子期死后，伯牙断琴，这也是知己。知己与性别无关。

与海莲通信的人有很多：好几名店员，绣桌布的博尔顿太太，甚至还包括海莲一开始就知道的、弗兰克的第二任妻子诺拉。不论谁的来信，都能让海莲高兴很久，并且第一时间回复。她关心与她通信的每一个人，就像大家关心她那样。弗兰克只是通信最多、了解她更多而已。所以，海莲和大洋彼岸伦敦那条街所有与她、与马克斯与科恩书店有过交集的人都彼此珍视。这种情谊比爱情更加牢固。

海莲关心大家的生活，主动给书店寄去当时伦敦紧缺的食物和丝袜；书店则一有了好书就立刻通知海莲，只要海莲所求必定极力搜寻。如果一定要为他们二人的关系下个定义，应该是：生意—朋友—知己—亲人。一开始是绝对的在商言商，伦敦发出去的信件落款都是"马克斯与科恩书店"在前。后来逐渐熟悉起来，互相帮忙而不求回报。年深日久换来了情谊深长，不用海莲开口，弗兰克就知道她喜欢什么。弗兰克生活中的每一件大事海莲也非常熟悉。他们彼此分享着自己的生活，像亲人一样互相牵念，默默祝福。虽然素未谋面，但是他们共同经历了店员马丁去世、店员塞西莉离职随夫赴中亚、伦敦的食物短缺和丝袜昂贵、弗兰克家第一辆车的得来过程、海莲装牙套始末、英国伊丽莎白女王加冕典礼、海莲被约稿、道奇球队比赛、搬家；等等。爱情是需要激情的，至少需要有过激情的阶段。可是海莲与弗兰克始终没有过。这里没有荡气回肠的爱情，只有深远绵长的亲情。只有亲情才会不为利益牵绊，不论你长什么样、生活在哪里、贫穷还是富有、健康还是疾病、多久未见还是从未相见，我始终都想念你，直到生命最后一刻。

我们在读某个角落的自己

不是语言也不是爱情，那么我们在读什么？在我看来，我们在寻找一种共情，从书中希望读到相似的感想或者感受，读到在某个角落或许被遗忘的自己。

那个向往"慢生活"而不得的自己。

整本书由信件串联而成。你有多久没有通过邮局写信收信了？对于很多年轻人来说，恐怕从来没有吧。木心在《从前慢》中写的"从前书信很慢，车马很远，一生只爱一个人"的生活已经进了博物馆。

科技的发展给我们的生活带来极大便利的同时，也让我们逐渐失去了等待的耐心，整个社会都变得浮躁起来。一切的一切，都在争先恐后，唯快不破。我们开始不愿等待，甚至急功近利。于是，人们开始倡导"慢生活"，希望快的只是生活，而灵魂可以慢下来。这听起来非常矛盾，但矛盾本来就无时不在无处不在，谁都期待完美的状态。一群群白领开始利用一些平台聚集在一些，认真地讨论一部电影、画一幅油画、插一束鲜花等。

知识的迅速膨胀，使得即便是当前最成功的人都会不敢慢下来或有丝毫懈怠。一个人哪怕博士毕业，所学的知识也远不足以支撑自己整个的职业生涯。移动通信普及之后，各类学习平台把知识包装之后打包销售。在这样的大环境下，谁敢真正慢下来？恐怕只有故事里才可以。静静地坐下来，花两个小时读完一本书，感受着过去的车马，终于自己的内心也可以沉静下来。

纽约到伦敦，今天只要七个多小时即可到达。海莲的经济状况一直不好，在弗兰克生前始终因没有路费而未能成行，连书店的样子也只能通过朋友的文字去想象。一旦通信中断，彼此就只能陷入无法确定日期的期待和等待。书中的信件一般几个月才有一次往复。等待的过程固然焦灼，但到达的喜悦也是巨大的。现在，音频、视频能够让世界各地的人实现毫无障碍的沟通。再不需要停下脚步等待，也就再没有了突然而至的惊喜。现代生活稀释了我们向往的只有"慢生活"才能带来的某种快乐。

那个对书籍始终充满热爱的自己。

人们将这本书称为"爱书人的圣经"，我突然就想到博尔赫斯说的："天堂应该是图书馆的样子"。圣经与天堂，都是宗教朝拜的对象。两句话叠加起来，书籍自然神圣起来。

寻访伦敦查令十字街

古代的书籍是奢侈品，一般平民子弟很少有接触书籍的机会。到了近代，印刷术的应用使得书籍有了大规模复制的机会，价格也低廉了许多。然而"一书难求"的景象依然在各国频繁上演。"二战"时期的美国，以国家力量支持"军供版"图书的出版发行，让很多人爱上了阅读，并且将这一习惯延续到战后。我国直到20世纪八九十年代还经常出现读者在书店门口通宵排队买书的景象。在很多人的记忆中，还留有书店门口长龙的一席之地，更有因为囊中羞涩而在书店站着蹭书看的经历。

黄庭坚说："三日不读书，则语言无味，面目可憎。"总有一群人，对书籍有着超越任何功利的热爱。在这本书中，你能找到那个爱书的自己：那个曾经为了找一本书而心急火燎的自己；那个因为错过一本好书而哭天抢地茶饭不思的自己；那个终于拿到梦寐以求的图书废寝忘食心旷神怡的自己……

1987年，《查令十字街84号》同名电影上映，完全忠实于原著，可以让人在一个悠长的午后，就着下午茶细细品味。原著的精髓在电影中展露无遗。

每本书都有自己的定位，这本书的定位就是"爱书人的书"。因为爱书，所以你也会爱这本书。因为热爱"圣经"，所以心怀天堂。

那个始终骄傲，始终感恩，始终接纳生活中的遗憾的自己。

书中的主人公是两个再普通不过的人,像极了捧着书本的你我他。这份"云中谁寄锦书来"的浪漫,让两个平凡的人将一件普通的事情坚持了二十年,直到一方离开人世。

两个人在彼此真实的世界里都算不上得意,很多时候经济上捉襟见肘。生活在纸醉金迷的纽约,海莲自我调侃:"我在你们的户头里应该还会有六十五分钱的余额——比起我的其他任何一个户头都多"。日益老迈的弗兰克则说自己:"老态益发龙钟,工作更加忙碌,口袋却没能加倍饱满"。然而他们从未向对方真正抱怨过自己的不如意,更没有主动提出过除了购书外的其他要求,哪怕生活有时候真的很艰难。文化人的独立和骄傲,是不是也像极了那个从不对生活低头的你?

书中最打动人心的一段话莫过于"你们若恰好路经查令十字街84号,请代我献上一吻,我亏欠她良多……"在他们诸多往来的信件中,始终将经济算得非常清楚,还剩多少还差多少,丝毫没有马虎。书店本来就是为读者提供图书的,一手交钱一手交货的买卖,哪里来的亏欠呢?书店好几个店员都给海莲写信感激她长期寄赠生活用品,而海莲则说:"你们卖这些好书给我,难道对我不是比我对你们还要慷慨?"可见,所谓的亏欠,不过是彼此都懂得感恩。感恩他人给予的每一份温暖。这是不是也像那个始终向善始终不忘回报每一份善意的你?

寻访伦敦查令十字街

年迈的弗兰克经常坐在伦敦的街头,看着来来往往的行人,最后也没有等到海莲。一直不断做着出行计划的海莲,接到的却是弗兰克离开人世的消息。这世界上再优秀的写手也写不出亲人去世带来的哀痛。终未相见的遗憾,打动了无数人,也让这本书有了更大的魅力。然而谁的人生没有遗憾?遗憾始终存在。在书里你是不是也找到了那个明知遗憾却始终笑对生活而不放弃的自己?

一本好书如一位良人,给人带来的不是乍看之欢而是久处不厌。它值得你一读再读,在不同的心境下读出不同的况味,最终读出书里的那个自己。

书店话今昔
——追记伦敦查令十字街之旅

叶　新

如果有什么书店让爱书人惦记，我想就是位于伦敦查令十字街84号的马克斯与科恩书店和巴黎的莎士比亚书店了。它们之所以能被人惦记，是因为它们都是有故事的书店。4年前的查令十字街之旅现在想来仍然是一段难忘的经历。

"你们若恰好路经查令十字街84号，请代我献上一吻，我亏欠她良多。"（If you happen to pass by 84 Charing Cross Road, kiss it for me! I owe it so much.）几乎每个爱书人都默念着这句话来到查令十字街84号"朝圣"。2009年在英国斯特灵大学研习出版、期间参观伦敦国际书展的我，也是其中的一个。

每个游客眼中都有不一样的伦敦景致，而对我们几个从伦敦国际书展伯爵宫现场出来的人来说，最好的目的地是伦敦的"书店街"——查令十字街（Charing Cross Road）及坐落在84号的书店旧址。

寻访伦敦查令十字街

每个业内人士都明白，网上书店、数字出版在当今书业是不可避免的事情："数字化是我们的宿命"（Digital is our destiny）。但是我担心的是电子书越来越多的今天，我们能否发现和纸版书一样的阅读乐趣。往日的书虫到哪里才能找到他们的"食物"。

我们眼中的每一本书都有两个方面：内容和形式。这么多年来，我们已经习惯于边摩挲书页，边欣赏内容。有时还要发痴到去闻闻书，看有没有所谓的"书香"。我们都喜欢那种藏书万卷、坐拥书堆的感觉。

还是让我们从查令十字街之旅开始吧！

2009年4月21日，在坐地铁从伯爵宫（伦敦书展现场）到查令十字街的过程中，我们发现畅销书的广告牌越来越多。这意味着伦敦有名的"书店街"越来越近了。

出了地铁口不远，就是一个瓦特斯通（Waterstone）的连锁店，这个书店非常大，但顾客寥寥，稍微显得我们一行五人有些壮观。一个索尼阅读器也摆在书架上，售价是235英镑。据传闻，该书店有倒闭之危险。据说它是英国最大的连锁书店，我还清楚地记得，在过去，许多真正懂书的独立书店正是被这样的大连锁店给挤垮的。现在是不是同样的命运也轮到它了。

查令十字街84号这个地名是和一个故事紧密联系在一起的。这个故事从1949年开始，到1969年结束，前后二十年。一个是

书店话今昔
——追记伦敦查令十字街之旅

纽约的潦倒单身女作家海莲·汉芙，一个是伦敦的二手书店经理弗兰克·德尔。两人从未见过面，但在二十年中通信频繁，虽未在信中谈到一个"爱"字，但浓浓的"爱意"甚至让经理的妻子也感到嫉妒。故事的结尾并不美好：当女主角几次徘徊，最终到伦敦时，男主角已经去世了，书店也关门了。汉芙马上收集了两人的通信，编成了《查令十字街84号》，由著名的维京出版社出版。而正是在维京的赞助下，她的伦敦之旅终于得以成行。

1975年和1987年，它两次被改编成电影，使得这个地址变得广为人知，成为许多书虫的梦想。而中国人能够知道"查令十字街84号"这个地名及其背后的故事，绝对和钟芳玲先生的《书天堂》有关。有关的书籍、戏剧、电影，无数的纪念文章，等等，使得查令十字街84号越来越成为一个神话。作为实体书店，它是死了，但是作为书店文化，它又重生在人们的记忆里了。

当然，查令十字街并不是只有这一家书店。一路上我们经过的诸多书店中，还有一家名为"查宁阁图书馆"的中文书店，我们略微感到了一点熟悉的文化气氛，但不如我们想象的多。

最后几经周折，我们来到了目的地，虽然早知道它不再是一家书店，只是一家餐馆，但我们还是很失望，原本我们以为这里也许能够卖点纪念品什么的，比如书、同名电影光盘、明信片……能够让人有感觉的是一块铜质铭牌，上面写着：查令十字街84号，

寻访伦敦查令十字街

马克斯与科恩书店,因海莲·汉芙的书而闻名于世。我们只是拍了几张照片就匆匆离开了。

这条街上多的是二手书店,当我推开 Henry Pordes 书店的门时,一股熟悉的味道直冲我的鼻子,映入眼帘的是那贴壁而立、直达房顶的书架。我拣选了两本廉价版的经典童书:《爱丽斯漫游奇境记》(Alice in Wonderland)和《彼得·潘》(Peter Pan & Peter Pan in Kensington Gardens),其定价均为1.99镑。很便宜,不是吗?

在离开这个书店之前,我问老板是否知道查令十字街84号,也许老板对我们这样的旅客习以为常。他说:"牌子太小了!"我们深有同感。照相的时候,铜牌在我们的头顶上方,而且灰暗不易辨识,无论远照还是近照都无法达到满意的效果。他又说:"我们书店的书都很便宜,它们能给人带来很多乐趣,而我也能挣到钱。我们都很开心。"说得太对了!

我想查令十字街84号是一个卖同名书籍和电影光盘的好场所,顺便再弄点照片、家具等相关的布置,顾客在吃饭的同时也可以想起这个故事。但这只是我个人的想法,开餐馆的老板未必有此等雅兴。在以文学著称的伦敦,有块牌子就不错了!

一路上我也在想老板的话,也许"老人爱老书,新人买电子书,各得其所"。不知不觉就来到了福伊尔书店(Foyles Bookstore),当年朱自清也在此看过书,还写在他的《欧游杂记》里边。也许这家书店能满足我看书的乐趣。顺便说一下,它的对面是鲍德斯书店,美国第二大连锁书店在此地开的分店,可是不久后连它在美国的总部也倒闭了。

这个书店是福伊尔书店的旗舰店,号称欧洲最大的一家,一共有5层,大约有超过20万种书上架。它被命名为"2008年英国书商(UK Book Seller of the Year 2008)"。

"我在哪儿才能找到关于出版的书?"我问了好几个店员,最后才找到地方,但是并没有太多的书供我选择。让我稍微高兴的是有一本《艾伦·莱恩的生活与时代》(*The Life and Times of Allen Lane*),定价9.99镑。一想太贵,没有折扣,人民币将近100元买本平装书,不值得。在亚马逊书店上有更大的折扣,我想花一两镑买本旧书看看也好。

像我这样的读者肯定很多。我在此花了两个小时,但是只看到很少的读者,难以想象福伊尔书店是靠什么生存到现在的,还能怎么生存下去。在数字化的时代,这条书店街未来还有存在下去的可能吗?

不管怎么说,查令十字街这条书店街还在,而北京还没有让人神往的书店街呢。

(刊载于《现代阅读·教育与出版》,2013年第11期)

海莲·汉芙和简·奥斯汀

叶 新

要说到海莲·汉芙（Helene Hanff）和简·奥斯汀（Jane Austen），区别肯定大于联系，那还是存大异求小同吧。比如她们都是单身未婚，都只出版了六部主要作品。如果说奥斯汀的代表作（也是她的第二部作品）是《傲慢与偏见》，那么海莲的第二部作品（也是她的成名作）是《查令十字街84号》（以下简称《84号》）。奥斯汀在生前就没有看到自己小说的畅销，终身靠她的兄弟们养活，而海莲至死也是生活拮据，租房终老。而最大的联系就是，海莲·汉芙也是一个不折不扣的"简迷"。如果某个人——比如笔者，既是"简迷"，又是《84号》迷，那2017年绝对是一个值得纪念的年份，因为它既是海莲去世20周年，更是简·奥斯汀去世200周年。难道我们不该为她们纪念一下吗？

《查令十字街84号》这本书信集固然谈到了海莲对英国文学的热爱，但也涉及了她从一个非简迷转变为简迷的过程。该书中总共有5封信是关于简·奥斯汀的记录。在1952年2月9日给弗兰克·德尔（Frank Doel）的信中，海莲说："只要是Q喜欢的，我都照单全收——小说除外，我就是没法喜欢那些根本不存在的虚构人物操演着不曾发生过的事儿。"

本来，海莲大学上了一年就上不起了，她对英国文学的喜爱完全是因为Q的影响，也就是剑桥大学英国文学教授阿瑟·奎勒-库奇爵士（Sir Arthur Quiller-Couch），"Q"是他姓名的头一个字母，是学生对他的昵称。立志走上文学道路的海莲，从图书馆借阅了Q的《写作的艺术》(*On the Art of Writing*)，以及其他的作品。虽然她后来的写作事业并不怎么成功，但是她对"Q"是终身感激，所以把自己1985年创作的文学生涯回忆录命名为《Q的遗产》(*Q's Legacy*)。

在Q潜移默化的影响下，海莲成了一个文学迷。不过从《84号》这本书的一开始我们就可以得知，她喜欢的英国文学都是散文、随笔、诗歌这些非虚构类的作品。而且仅限于旧书，如1949年10月5日她在给马克斯与科恩书店的第一封信中列出的她目前"最想读而又遍寻不着的书"。而弗兰克按图索骥，给她找到的是《哈兹里特散文选》、斯蒂文森的作品。而像以后信中提到的《牛津英语诗选》，纽曼的《大学论》《佩皮斯日记》《爱书人文选》等，都是她的挚爱。正如信中所说，她之所以不喜欢英国小说，在于其中的"不存在的虚构人物""不曾发生的事儿"。

寻访伦敦查令十字街

但是不知怎么的,她的观点发生了巨大的转变。1952年5月11日,海莲给弗兰克写信说:"如果你知道我这个一向厌恶小说的人终究回头读起简·奥斯汀来了,一定会大大地惊讶。《傲慢与偏见》深深掳获了我的心!我千不甘万不愿将我手头上这本送还给图书馆,所以快找一本卖我。"

这时的她已经是一个简迷了,不过她的书架上还没有简·奥斯汀的小说,她急需弗兰克给她找一本《傲慢与偏见》。而她这个愿望要等到近一年后才能满足。1953年5月3日,海莲给弗兰克写信说:"弗兰基,告诉你个包准让你乐翻的消息",什么消息呢?"邮包已收到,这本书长得就像简·奥斯汀该有的模样儿——皮细骨瘦、清癯、完美无瑕。"这时的她就可以时时翻看《傲慢与偏见》了。不过从《84号》来看,她对英国小说的喜爱也仅限于简·奥斯汀的小说。

在海莲的书架上,简·奥斯汀的作品越来越多,除了《理智与情感》,其他五本她都有。其中,《傲慢与偏见》有两本,一本是1949年艾瓦隆(Avalon Press)出版的,一本是1966年柯林斯(Collins Publishing)出版的。前者由弗兰克给她找寻的可能性较大,不过也不是什么古旧版本。其他四本虽然也出版于伦敦,但《84号》中没有提到这些书是由马克斯与科恩书店给她找寻的。而《Q的遗产》中曾提到,《傲慢与偏见》是马克斯与科恩书店给她找的唯

——本简·奥斯汀小说。自从佰《84号》及其续集《布鲁姆斯伯里的女公爵》出版以后，读者纷纷给她来信。其中一个澳大利亚读者因为年事已高，怕她的孩子在她死后贱卖她的藏书，就把自己珍藏的简·奥斯汀小说赠送给了海莲。在本书中，海莲也提到，虽然她读过简·奥斯汀所有的小说，但她的最爱还是《傲慢与偏见》。

另外，她的藏书中还有三本和奥斯汀有关的专著，一本是《简·奥斯汀和她的世界》（Jane Austen and Her World），由纽约的瓦尔克出版社（Henry Z. Walck）1966年出版的；另一本是《简·奥斯汀在巴斯》（Jane Austen in Bath）；还有一本是1994年圣马丁出版社（St. Martin's Press）出版的《作为女性的简·奥斯汀》（Jane Austen the Woman）。因此，这些书籍中不仅包含了简·奥斯汀的原著，还有研究她的专著。

在与马克斯与科恩书店通信的近20年中，她不仅成了一个简迷，也希望影响她的朋友们成为简迷。1968年9月30日，海莲在给弗兰克的信中说："我挑了一个细雨霏霏的星期天介绍一位年轻朋友读《傲慢与偏见》。她现在果然已经疯狂地迷恋简·奥斯汀了。她的生日就在万圣节前后，你能帮我找几本奥斯汀的书当礼物吗？如果是一整套的话，先让我知道价钱，万一太贵，我会叫她的先生分摊，我和他各送半套。"但是她拿奥斯汀的小说作为朋友的生

寻访伦敦查令十字街

日礼物的愿望暂时落了空。同年10月16日,弗兰克给海莲回信说:"由于书源短缺,加上书价节节攀升,恐怕很难赶在您的朋友生日前找到任何奥斯汀的书,我们会设法在圣诞节之前为您办妥这件事。"过了万圣节就是圣诞节。

但海莲和弗兰克两人都没有等到这个愿望的实现。同年在圣诞节到来之前的12月22日,弗兰克不幸因患急性盲肠炎被送进医院,因并发导致腹膜炎突然去世。1969年1月8日,马克斯与科恩书店的秘书琼·托德(Joan Todd)给海莲写信报告了这个噩耗,最后一句还提到:"你是否仍需本店为您寻找简·奥斯汀的书?"可是没过几年,马克斯与科恩书店关门大吉,这就成了弗兰克和书店对海莲永远不能完成的服务了。

1955年到1958年,国家广播公司(NBC)推出了一档名为"日场剧院"(Matinee Theatre)的系列电视剧目,总计142集,每集1小时。其中有些剧目来自原创,而另一些剧目则改编自经典文学作品。海莲也是该系列剧的主要编剧之一,总计创作了16集。其中包括简·奥斯汀的《傲慢与偏见》《爱玛》,分别于1956年、1957年上演。"简·奥斯汀原著,海莲·汉芙改编",想想作为奥斯汀的铁杆粉丝,海莲作为编剧把名字署在她的后面该是怎样的一种荣耀啊!

在《84号》收录的倒数第二封信中,海莲对她的多年朋友凯特说："记得好多年前有个朋友曾经说：人们到了英国，总能瞧见他们想看的。我说，我要去追寻英国文学，他告诉我：'就在那儿！'"由于弗兰克的突然去世给她留下的巨大缺憾，也因为美英两国出版商先后出版《84号》所得的版税，1971年海莲终于跨过大西洋，来到了她魂牵梦萦的英国，实地感受、追寻英国文学。

同年7月20日，海莲专门去了查令十字街南端、位于特拉法尔加广场上的国家肖像馆（National Portrait Gallery），瞻仰了简·奥斯汀的肖像，当然还有利·亨特、哈兹里特、勃朗特三姐妹的肖像。这幅简·奥斯汀肖像是由她的姐姐卡桑德拉所画，虽然可能最接近真实，但是看起来显得"尖刻"。

1975年BBC将《84号》搬进了剧场，促成了海莲的第二次英国之行。按说这一年是简·奥斯汀诞辰200周年，但是很遗憾海莲的回忆录里并没有什么相关的记录。

1977年冬天，英国一对名为戈姆（Gomme）的退休夫妇的来信催生了1978年海莲的第三次英国之行。信中说："如果你来温切斯特，我们很乐意带你参观位于温切斯特大教堂内的艾萨克·沃尔顿（1593—1683）纪念碑和简·奥斯汀墓。随后，我们还可以开车带你去附近的乔顿村看看奥斯汀的家。"

海莲曾从马克斯与科恩书店购买过英国传记作家艾萨克·沃尔顿（Izaak Walton）的《垂钓者言》(*The Compleat Angler*, *or the*

寻访伦敦查令十字街

Contemplative Man's Recreation）和《五人传》（*Lives*），以及简·奥斯汀的《傲慢与偏见》。戈姆夫妇的来信激起了她的极大兴趣。1978年7月，她的第三次英国之旅终于成行。8月2日，在戈姆夫妇的陪伴下，她终于来到了简·奥斯汀的墓前。同伴知趣地走开了，这时的她独自一人，细细品读简·奥斯汀的兄弟们和姐姐卡桑德拉为之撰写的铭文。其中一段是这么写的："她的内心是如此仁慈，她的性情是如此和婉，她思想的馈赠是如此慷慨，因此所有认识她的人都尊敬她，她的亲朋好友们都爱戴她。"

该墓志铭的另一段则谈到奥斯汀家族的悲痛之情，他们坚信她的灵魂将被"救世主接纳"。整个铭文显现的是整个家族所流露出的对于他们姐妹的真情，仿佛她没有写过任何书籍一样，不祈求她能为此获得世人的景仰。

随后，戈姆夫妇又带着海莲来到了简·奥斯汀在乔顿村的家。门口砖墙上的牌匾弥补了她的家人对其贡献的疏忽。上面写着：

简·奥斯汀

1809—1817年居住于此。她的所有作品都从这里走向全世界。由她在英国和美国的崇拜者们安放这块牌匾。

读毕，海莲推开屋门，走进了这间产生了简·奥斯汀所有作品的神秘之地。起居室的门轴被刻意弄得吱嘎作响，奥斯汀从不让人滴油修好它。这样，只要访客一推门，她就能把正在写作的书稿藏好。她不愿意让外人知道她在写作。

海莲还上楼参观了奥斯汀的卧室。床上摆着她当时穿的衣服，还有几件衣服撑挂在屋里作为摆设。其中一件有着宽松衣袖的白色薄纱礼服和一条绣花的百褶裙，让海莲想起了莉迪亚·贝内特留下的那张愚蠢的字条，莉迪亚告诉她的朋友们她和威克姆私奔了，要她们让一个女仆"补一补我那件细纱长礼服上裂的一条大缝"。而且，海莲还看到了奥斯汀戴过的帽子，其中一顶常常出现在她扉页的肖像上。

楼上一面墙上的相框内放入了简·奥斯汀的一封信，是通知她的哥哥爱德华他们的父亲去世了，语气委婉，辞藻文雅。信上说："正如他的孩子们希望的那样，我们敬爱的父亲用一种几乎没有痛苦的方式，走完了他那善良、快乐的一生。"

当海莲一行走到楼下，他们去了后院，看了烘焙屋、用于洗衣的铜衬水井、挨着水泵的巨大铁制洗衣池。海莲很后悔没有问问看门人奥斯汀提到过的一件厨具。在她的一本小说中，她描写了一间厨房，里面放了当时所有最新、时尚的厨具，其中一件叫作"热橱"（hot-closet）。海莲很想知道它具体指的是什么。

在《Q 的遗产》中，海莲不厌其烦地记录了她的温切斯特和乔顿之行，无非是向这位伟大的女作家致敬。此墓此屋，用心走过，心愿已了。

寻访伦敦查令十字街

2017年是简·奥斯汀去世200周年,也是海莲·汉芙去世20周年。为了纪念她俩,从现在起,我们作为简迷,作为《84号》迷,能为之做点什么呢?经典的文学书籍总是常做常新,作家文(全)集的编纂也是成人之美,两者的国内外出版商们又能为我们的读者提供什么样的好书呢?我们拭目以待。

(刊载于《中华读书报》,2016年9月7日)

《查令十字街84号》
在华人世界传播的四个推手

叶 新

说到《查令十字街84号》在华人世界的传播，早期也是最重要的四个推手就是杨静远、钟芳玲、恺蒂和陈建铭了。对国外著名作家及其作品在中国的传播，一开始总是偶然的、零星的、个别的，然后越来越多的人和媒介参与传播，涓涓细流终于变成大江大河，《查令十字街84号》也概莫能外。

杨静远

笔者在《〈查令十字街84号〉背后的故事》（刊载于2016年4月6日《中华读书报》）一文中提到，是我国台湾的著名书人钟芳玲第一次向华人世界介绍了《查令十字街84号》和它的作者，此说并不确切。早在1996年，我国著名翻译家、中国社科院外国文学研究所编审杨静远（1923—2015）在《世界文学》1996年第

寻访伦敦查令十字街

2 期发表了《布卢姆斯伯里的公爵夫人》(*Duchess of Bloomsbury Street*), 第一次在国内介绍了海莲·汉芙的生平, 以及她的两部作品:《查令十字街 84 号》(她译为《查林克罗斯街 84 号》) 及其续篇《布卢姆斯伯里的公爵夫人》, 并说它们"脍炙人口"。

这篇文章 2.8 万余字, 主要是选译了《布卢姆斯伯里的公爵夫人》的部分章节。海莲一生主要出版了 6 部作品:《混迹演艺圈》(*Underfoot in Show Business*, 1961)、《查令十字街 84 号》(84, *Charing Cross Road*, 1970)、《布卢姆斯伯里的公爵夫人》(1973)、《我眼中的苹果》(*Apple of My Eye*, 1977)、《Q 的遗产 》(*Q's Legacy*, 1985)、《纽约来鸿》(*Letter From New York*, 1992)。《查令十字街 84 号》是海莲至今唯一一部被翻译成中文的作品。其他五部作品, 部分见诸中文, 篇幅最多的就是《布卢姆斯伯里的公爵夫人》了。

在译文开始之前, 杨静远先生简介了海莲的生平:祖籍英国的犹太女作家, 自由撰稿人, 以及她的前期创作活动。杨先生将《查令十字街 84 号》和《布卢姆斯伯里的公爵夫人》放在一起介绍, 认为"这是一个风趣盎然、略带哀伤而充满人情味的温馨故事"。她认为:"在一个功利务实的时代, 这段古典式的纯真友谊, 牵动了千百个读者的心, 为她赢得了无数的书迷。"杨先生对《布卢姆斯伯里的公爵夫人》的评价是:"作者在书中以一个热爱祖国也热爱英国与英国文学的美国人的视角,对伦敦风物,她所接触的富有性格特色的人物,做了有趣的描绘,对美、英两国的社会习俗和人们的心态的异同,作了引人发噱的对比。"

从现在来看,杨静远对海莲及其作品的介绍还是不完全的。比如她只介绍《查令十字街84号》被拍成了电视剧,没提到戏剧上演、拍成电影之事。海莲的其他四部作品也完全没有提及。从传播效果来看,这篇译文的影响有限,发表在《世界文学》这么一本专业杂志上,只是在外国文学的学术小圈内传播,也没有引发国内出版社和译者的翻译出版动机。她所谓的"脍炙人口"也只是限于英语世界罢了。但毕竟,这是国内第一次介绍海莲和她的《查令十字街84号》。因此,杨静远可称为《查令十字街84号》在华人世界传播的第一人。

钟芳玲

要说《查令十字街84号》在华人世界的传播及其影响,钟芳玲的贡献实在是功不可没。更关键的是,她也许是海莲生前见过的极少数华人之一。

为什么不能说是唯一的华人呢?因为海莲在美国本土有一个美籍华人编辑。这就是哈珀出版社的著名女编辑杨蕾孟,英文名

寻访伦敦查令十字街

"Genevieve Yang"（吉纳维芙·杨），是美国著名政治家基辛格等著名人物传记的编辑，1970年曾编辑出版了极其畅销的《爱情故事》，这本同样薄的小书中显现出的爱情比《查令十字街84号》的要浓烈、凄美多了。在20世纪60年代，正是杨蕾孟启发了海莲的文学写作生涯，出版了她几乎所有的书籍，但是恰恰错过了《查令十字街84号》，原因在于该出版社老板的不看好，因为《查令十字街84号》的初稿作为一篇文章刊登太长，作为一本书出版又太短。在海莲的文学性自传《Q的遗产》中，她记述了他们之间的频繁交往。比如，杨蕾孟1945年跟着母亲来到美国之后，虽然在美国出版界工作，职位越升越高，但是一直没有归化美国，正是海莲陪着她办理了移民当面审核手续。

按钟芳玲的说法，《查令十字街84号》中的书店是让她印象最深刻的书店。正是被这本小书中的故事所感染，她1994年秋天第一次拜访了马克斯与科恩书店的旧址查令十字街84号，她译为"查灵歌斯路84号"，比现在通行的翻译更有诗意。它当时已经是一家唱片行，撩拨不起她进去瞧瞧的一点儿冲动，因为她觉得在书店的旧址上开的就应该还是书店。第二年春天再到伦敦的时候，她再次造访此地，发现这家唱片行也要歇业了，但是还有不少海莲的书留在书架上，以供世界各地的书迷造访之用。没想到的是，老板霍华德·吴向她提议，如果有机会，应该回美国纽约拜访海莲本人。这让她当场瞠目结舌，因为她虽然长居美国，却不曾想过海莲本人还活着。

1996年7月的一天，在纽约上城东区一栋大楼的门厅，钟芳玲见到了年已八旬的海莲。两人在街对面的一家咖啡馆落座之后，海莲说钟芳玲是第一个来访的中国台湾读者。当她听说钟芳玲因为喜爱她的《查令十字街84号》，兴起了要将其翻译成中文版的念头并已进行撰写一本描述书店风景的书（即《书店风景》）后，赞许不已。几天后，两人二度碰面，这次钟芳玲就直接来到海莲独居的家中。海莲在她带来的精装本《查令十字街84号》上题签"To Fang-ling——with instructions to come back to New York soon or I'll be dead before she makes it!（致芳玲，冀望快快再来纽约，否则在她成行前，我将死去！）"。这是一个令人悲痛的自我预言，不到一年海莲就撒手人寰了。钟芳玲只是遗憾没有在她生前赠送她《书店风景》，却也庆幸两人能在她生命的末期相见，了却了自己的念想。

《书店风景》是华文世界第一本近距离描绘西方书店的专书，于海莲去世的1997年在台湾地区的宏观文化事业股份有限公司印行，此时钟芳玲已闻知海莲病得很重了。在书中的《理想与使命的聚合点——伦敦"银月女性书店"》这篇文章中，钟芳玲在头一段就提到了根据《84号》改编的电影，台湾地区译为《迷阵血影》，说明其取材自"美国女作家荷琳·汉芙（Helene Hanff）的同名书信集"，而与之通信的英国古董书商工作的地点就是位于伦敦的"查灵歌斯路84号"。

自从拜访过"查灵歌斯路84号"的旧址并见到海莲之后，钟芳玲就不断地收集《查令十字街84号》的各种版本，下意识地希望通过这种方式来与离开人世的海莲依然有所牵连。在《书店风景》点滴叙述的基础上，她还写下了专文《查灵歌斯路84号》，发表在2001年3月的《自由时报》上，并收入了她的《书天堂》，2004年11月在海峡彼岸的台湾远流出版公司出版，2005年1月又在广西师范大学出版社出版发行，几乎是同步出版。依笔者之见，《查灵歌斯路84号》和《电影中的书店风景》是其中最受大家喜爱的两篇文章了。译林出版社2005年出版的《查令十字街84号》之所以刚推出就走势不错，应该也是部分地拜《查灵歌斯路84号》一文所赐了。

恺蒂

钟芳玲的《查灵歌斯路84号》2001年在台湾发表，2005年1月才因为收在《书天堂》里而为大陆读者所见。而恺蒂的《书缘·情缘》则是发表于《万象》杂志总第3期（1999年3月出版），比钟芳玲更早为大陆读者所知。2002年4月,这篇文章收入恺蒂的同名作品集《书缘·情缘》,作为"万象主题书"出版,文后标明"一九九八年十二月二十五日北京芳星园"。但如果按1997年在台湾出版的《书店风景》来算,钟芳玲对《查令十字街84号》的传播要早于恺蒂。

在这篇文章中,"84, Charing Cross Road"被译为"彻灵街84号",少译了"Cross"(十字)。不像钟芳玲译的"荷琳·汉芙","Helene Hanff"被译为"海伦娜·汉弗"。"Frank Dole"则译为"弗兰克·杜尔",简称"杜先生"。

文中第一段生动地描写了查令十字街这条"书店街"的场景,接着的第二段就说:

她跨下了一辆黑色的计程车,纤巧单薄的女人,游移的目光掠过那一家家摆着书的橱窗,六十八号、七十二号、七十六号、七十八号、八十二号,寻寻觅觅,像是丢失了件宝物。最终停了下来,但面前的八十四号却是空空如也。灰蒙蒙的玻璃窗里面蛛网遍织的书架东倒西歪,地上散落些废纸,满是尘埃;推门进去,没有想象中的惊喜问候,空空的楼梯通向另一些同样废弃了的房间。孤身女人想张口告诉主人她已到来,她信守了诺言,但空屋中并无人回应,只有一阵冷风袭过,泪水顺着面颊静静地流淌下来。是一段书缘,还是一段情缘,竟让这纽约的独居女人千里迢迢为

寻访伦敦查令十字街

了伦敦小街这破落关门的书店而如此神伤？手中握着那本薄薄的小书，是为了还彻灵街（Charing Cross Road）八十四号的哪一种心愿？

这段描写既像是作者看过的同名改编电影的场景，又像是她看过书后的合理想象，将作者带到一个活生生的场景中。其中的"是一段书缘，还是一段情缘"也是点睛之笔、点题之语，从"书缘"引申到"情缘"，是因书缘而结情缘，但这段二十年的书缘，因弗兰克的突然去世而戛然而止，也就自然没有你怎么想象都行的情缘了。

按文中记述来看，作者恺蒂提起了同名电影、海莲的人生经历以及她的作品《布鲁姆斯布里的公爵夫人》《Q的遗产》，还有《查令十字街84号》书中的片段。这有助于广大读者了解这部书信集。"书缘·情缘"虽然很是点题，但不如《查灵歌斯路84号》来得直接，当然在后者，如果不看完文中内容也很难让人想起这是一家书店的旧址。

这篇文章后来在译林版的《查令十字街84号》中作为序言出现。

陈建铭

按说，钟芳玲最有资格翻译《查令十字街84号》这本书，而

《查令十字街84号》在华人世界传播的四个推手

且她翻译此书的想法还得到了作者本人的赞许,可以说是"钦定"了,但是最后翻译这本书的另有其人。

在文章《查灵歌斯路84号》的最后,钟芳玲说:"至于中文版的翻译,我已打算放弃了。在读过数十回她与弗兰克的原文书信后,我只觉得无法用另一种语言来为他们发声。"这不能不说是一种缺憾!但这种缺憾不久就由同是台湾人的陈建铭来弥补了。

陈建铭长期任职于台湾诚品书店的古书区,跟故事中的弗兰克一样,也是一个二手书店经理。在店中的某一个下午,他和钟芳玲聊起这本书真该有个中文版,认为钟芳玲"自然是当仁不让,而且以她作为此书的头号死忠书迷,加上她与汉芙本人的私交,我也十分赞成她是担任中译者的不二人选。"

理由如此充分,那为什么钟芳玲不愿翻译呢?陈建铭给出的缘由是:"中文世界之所以多年不见此书问世,一定是所有珍爱此书的人——也像我自己一样——不忍丝毫更动书中的每一句话、每一个字。"

那为什么陈建铭又愿意翻译此书呢,因为"苦等不及而掠占了她原先的任务"。另外的理由就和这部改编电影的中文译名有关了。他说:"坊间某些录像带租售店或许仍可寻获年代公司的授权版,要特别留意的是:台译片名居然成了《迷阵血影》,而影片对白字幕亦惨不忍睹,简直到了令人坐立难安的地步。我翻译这本书,

寻访伦敦查令十字街

多少也想为它赎点儿罪罢。"确实不假,"迷阵血影"这个片名真的和这部电影的剧情一点儿关系都没有!

陈建铭在序中说道,尽量在翻译的过程中保留原书的滋味,但是也刻意做了极小的更动,为的是更能适应中文环境,甚至能让中文版的读者们动心发愿,去读"货真价实的"海莲原文的伏笔。比如海莲在1953年5月10日信中写道:"P-and-P arrived looking as Jane ought to look, soft leather, slim and impeccable."

笔者直译为:"《傲慢与偏见》寄到,就像简·奥斯汀本人该有的样子:封皮柔软,书身狭长,完美无瑕。"

而陈建铭译为:"邮包已收到,这本书长得就像简·奥斯汀该有的模样儿:皮细骨瘦、清癯、纯洁无瑕。"

句中的"P-and-P"是指《傲慢与偏见》,陈译为"邮包"加"这本书",没有提到寄了什么书,实际上是海莲在1952年5月11日的信中要求弗兰克给她找一本《傲慢与偏见》。既然"slim"译为"骨瘦",就不该有"清癯"。

另外在1961年3月10日的信中,海莲谈到她对编辑杨蕾孟滔滔不绝地谈起她钟爱的书中轶闻,后者不耐烦地对她说:"你还真的中毒不轻唉。"原文则是"You and your old books",为何不直译为"你和你的那些古董书!"或者"你买的书是古董,你也是古董!"不知海峡两岸的读者在看了中文版又去找英文版看的时候，能否感受到译者的这种深意？当然，陈建铭从事的古董书买卖背景还是保证了这本书译笔的专业性。

2002年1月，《查令十字路84号》作为"蓝小说"丛书中的第65种，由台湾时报出版社出版发行，同年6月该书推出了第二版。笔者2016年买到的是2013年发行的"二版二十三刷"，在台湾应该是风行一时。

大陆的行业媒体也第一时间注意到了这个译本。在《出版参考》2002年第18期（9月23日出版）的《域外书情》栏目中刊登了一条消息《描写伦敦二手书店的〈查令十字路口〉》。这条不足五百字的消息介绍了该书的台湾出版者及其主要内容，但也讹误不少。比如不知为何将书名误为"查令十字路口"；说海莲的第一封信一个多月后得到回信，其实她1949年10月5日写信，10月25日回信；说两人的情谊"长达20多年"，其实弗兰克的最后一封回信是1968年10月16日寄出；说"书中公布了他们往来的84封信"，数数包括两人之内的所有通信只有82封信，但是如果加上附在信中的2张明信片，就凑够84封，那就是个巧合了——我们知道，"84"实际上是马克斯与科恩书店的门牌号。

台湾版推出三年后的2015年5月，译林出版社出版了大陆发行的简体字版。与台湾版相比，"译林版"作了一些改变。首先是辅文的变化，"译林版"用了恺蒂的《书缘·情缘》作序，紧接着

寻访伦敦查令十字街

是陈建铭的《译序：关乎书写，更关乎距离》，这和台湾版一样。作为台湾版序，放在前面的唐诺文章——《有这一道街，它比整个世界还要大》在"译林版"中放在"译注"的后面，紧接着是张立宪的《爱情的另一种译法》，谈的是他的观影感受。台湾版中正文之前用于提示的"登场人物"在"译林版"中被删除。从译文来看，主要是人物译名的改变，比如书名，"台版"是"查令十字路 84 号"，"译林版"变"路"为"街"了。再比如台湾版的"哈兹里忒""斯蒂文生""李·杭特"在"译林版"中改为"哈兹里特""斯蒂文森""利·亨特"，还有就是照顾大陆读者阅读习惯的一些改变，在此不做赘述。

该书出版不到 1 个月就重印一次，发货近 2 万册，到 2007 年 1 月印刷了 6 次，到 2014 年 11 月则是第 21 次印刷。因此，年销 1 万册的它不仅是一本中等规模的畅销书，更是一本长销书。虽然报刊上与《查令十字路 84 号》有关的文章时有刊登，但不如《查令十字路 84 号》书籍能够时时翻看，它也就在海峡两岸的爱书人中间传播开来。

结　语

除此之外，如果还要再说谁是这本书的推手，截至目前，去年4月新版的《查令十字路84号》才一年就大卖80万册,不能不说是电影把《查令十字路84号》作为主要道具的功劳。不过追溯《查令十字路84号》最初来到华人世界的过程,我们不能不提到杨静远、钟芳玲、恺蒂、陈建铭这个松散的"传播共同体"的筚路蓝缕之功。

在海莲去世20周年之际,应广大《查令十字路84号》迷的请求,北京外研书店、"编辑邦"决定在4月9日晚上联合举办一场海莲·汉芙追思会,聊聊与《查令十字路84号》有关的那些事儿,这将会是对海莲的最好怀念了。

(刊载于《中华读书报》),2017年4月9日

《查令十字街84号》在日本的出版

叶 新 郑 丹[*]

说起《查令十字街84号》的译者江藤淳,无论是我国学术界、文学界还是出版界都较为陌生,这与他在日本战后文学评论界的地位实在不相称。而让笔者惊异的是,日本竟然是较早翻译出版《查令十字街84号》的国家之一,1972年4月即出版日文版,比首发的美国晚了不到两年,比推出的英国版晚了不到一年,早于法、德等许多欧洲国家,而比中文版的推出则要早30年。

译者江藤淳原名江头淳夫,1932年12月25日出生于东京,1957年毕业于庆应义塾大学文学系英文专业,并在这里收获了自己的爱情,与大学同学三浦庆子结婚。随后进入该大学研究院,但于1959年3月退学,直到1975年才在该大学获得文学博士学位。1962年以洛克菲勒基金会的研究员身份到美国普林斯顿大学留学,次年在该大学东洋学科讲授日本文学史,1964年回日

---

[*] 郑丹:北京人。东洋大学哲学硕士,现在日本东京做中文老师。

本，由此开始了自己的文艺时评生涯。1971年，他在东京工业大学担任助教，一直晋升到教授，1990年到母校庆应义塾大学任教，1997年在大正大学担任教授，随之退休。1999年7月21日，他因为前一年妻子的去世以及自身的病痛不能自拔，用剃刀割腕自杀，享年66岁。

1955年，他第一次以笔名"江藤淳"发表《夏目漱石论》，由此一举成名，一生著述无数。1969年，他获得菊池宽奖、野间文学奖，1975年获得日本艺术院奖，与著名作家大江健三郎、石原慎太郎一起被公认是日本新一代文学的旗手人物，死前曾担任日本文艺家协会理事长。

在江藤淳死后不久，1999年10月27日的《中华读书报》发表《江藤淳的乌托邦迷思》（作者：蒋洪生）一文，高度评价了江藤淳在日本文学评论界的成就，认为"1955年，弱冠23岁的江藤淳在《三田文学》上发表评论《夏目漱石论》。在夏目漱石研究史上，这是一篇划时代的论文"。而"《小林秀雄》最终确定了江藤作为战后文艺评论家代表的崇高地位。"但是，他不满足于在文艺评论界的耕耘，进而涉足社会与政治评论，政治态度趋于保守甚至是右翼，虽然也曾在美国留学和任教过，但表现出强烈的反美情绪。因此，江藤淳与其中学同学石原慎太郎走到了一起，受邀与其合著《日本坚决说"不"》。新华出版社1992年初出版其中文版《敢

寻访伦敦查令十字街

坚决说"不"的日本——战后日美关系的总结》，同时出版的军事科学出版社则译为《日本坚决说不——战后日美关系的总结》。该文最后说，江藤淳的自杀也是因为其"尊皇攘夷"的乌托邦迷思濒于幻灭。

相比于江藤淳极高的文艺评论成就，《查令十字街84号》日文版的翻译虽然显得不那么重要，但对于《84号》在海外的传播特别是在东方国家的传播而言，他的作用厥功至伟。当然，《84号》日文精装首版的推出与美国《读者文摘》密切相关。而在美国，《读者文摘》对《84号》的摘登，不仅扩大了该书在美国乃至全世界的流行，而且为困窘的作者海莲·汉芙带来了8000美元的不菲稿费。

在该版的前勒口上，日本著名诗人、翻译家及剧作家谷川俊太郎评价说："弗兰克的信严肃规矩却温暖，海莲的信则常常用小写字母i来作为第一人称，或者用hi来打招呼，两相对比，妙趣横生。这也是这本书的魅力之一吧。与'古书热'之类的无关，真正令我感动的是书本所具有的力量将隔着大西洋的心与心连接在一起这件事。"所言甚是！

而该书的后勒口文字首先提到："在《读者文摘》杂志的世界各国版上，刊登了《查令十字街84号》的摘要后，粉丝来信立即飞向了作者海莲·汉芙。美国自不必说，加拿大、北爱尔兰、意大利、西马来西亚、西非、沙特阿拉伯、巴基斯坦、日本——顾名思义,就是来自世界各地!"提到了该杂志对《84号》传播的巨大贡献。

不止于此,"在现代,人们常说人情如纸。果真如此吗? 深陷于冷漠的电脑和打字机的现代人,也有真实接触和交往的时候。真诚的爱和理解依然存在。这本书就是最好的证明。说现代人已经无法沟通了和说现代人的孤独一样,不过只是胡思乱想——作者自己就验证了这一点。如果没有这种心灵的沟通,《查令十字街84号》又怎么会在全世界畅销呢?"点出了该书在全世界畅销的原因。

为了加强日本读者对《84号》的理解,江藤淳还做了93条注解,涉及书中提到的英国作家名、书名等,全部放在正文的下方。如1949年10月25日马克斯与科恩书店的第一封回信,下方就有三条注解,分别涉及威廉·哈兹里特(William Hazlitt)、罗伯特·路易斯·史蒂文森(Robert Louis Stevenson)、利·亨特(Leigh Hunt)。

再比如,1956年6月1日,海莲给弗兰克的信中第一句就提到:"布莱恩介绍我读肯尼思·格雷厄姆的《柳林风声》,因此我迷上了谢波德的插图,决定自己也要买一本。"对肯尼斯·格雷厄姆的注解是"英国儿童文学作家。他的著作《柳林风声》(*The*

寻访伦敦查令十字街

Wind in the Willows）受到了全世界少男少女的喜爱",对厄内斯特·霍华德·谢波德的注解是"英国漫画家,插画家。为米尔恩（Milne）的《小熊维尼》（Winnie the Pooh）等四部作品绘制了插图,博得了很高的人气。除了《柳林风声》（The Wind in the Willows）以外,他还画了五十多本书的插图"。

而江藤淳更为读者考虑的地方在于书后的解说:

如果说这本书的形成是因为美国没有好书店,那么海莲肯定会露出惊讶的表情。但是,我对伦敦呀巴黎的旧书店印象很深,对美国的旧书店却没什么记忆。

我第一次进入欧洲的书店是11年前,也就是1961年夏末的时候。地点是伦敦,在我从西德回来的路上。最初的伦敦访问有多兴奋,是无法通过语言表达的。我既紧张又兴奋,四处走了很多路,有一点累了。于是在公园的长椅上坐了一会儿,休息了一下,等精力恢复以后又走到街上,这时发现了一家旧书店。

"啊,是旧书店!"我的心中涌起了怀念之情,在书店的橱窗前站住了。书店里摆放着很多绝版书,这些书经过了时间的洗礼。我怀念旧书店,也怀念这些山羊皮装帧的旧书。实际上,在东京的家里,我有一套这样山羊皮装帧的旧书。

这套书是1783年伦敦的一个叫 W. Strahan J. and R. Rivington 出版社出版的十卷本《劳伦斯·斯特恩全集》。它的装帧很精美,上面贴着 Oswald Toynbee Falk 藏书票。18年前，这本书价值两万日元。我在经济最困难的大学生时代买下了这套全集。作为贫困的大学生能买这样奢侈的东西，当然是受到了其他人的资助。这件事我已经在别的地方写了三次，在这里就不详细写了。总之，我是那时候得到了恩师的帮助，在毕业时得到了这套书。

我是在神田街的松村书店找到了这套《劳伦斯·斯特恩全集》。神田街的古书店和伦敦的古书店可以说很像，也可以说很不一样。相同的是它们都有着让人安心的气氛，但是这种气氛也有着微妙的差别。这种不同来自皮革和绢布的不同、羊皮纸和纸的不同，或者来自石头建造的建筑物和木头建造的建筑物之间的不同。我在书店的橱窗前驻足，感受着异国的无法表达的怀念与温暖。

我推开沉重的门进入了书店。这是一个安静的，让人安心的空间。如果说到原因，那是因为那里充满了过去和时间的痕迹。从几百年前写的书的纸上，密密麻麻的文字向我低语，悄悄走进了我沉默的内心。它治愈了我的乡愁，站在那里，我心陶然。

这时，真正的声音在我耳边响起，吓了我一跳。环顾四周，有一个像弗兰克·德尔的店员出现了。

他微笑着问我："你在找什么书？"

"啊，没什么，我只是随便看看。"我有点儿紧张地回答。

寻访伦敦查令十字街

"哦，好的，请慢慢看。"店员说完轻轻走了。

在这个名字也不记得了的旧书店，我买了一本西德尼·凯斯（Sidney Keyes）的遗稿集。因为地点不同，这个书店不可能是马克斯与科恩书店。但是第一次读《查令十字街84号》这本书的时候，我几乎是反射性地想起来那家我去过的伦敦旧书店。在那之后，我没有像海莲那样和店员通信定书，是因为那时日元不像现在这样。那时候，如果真的把日元放到信封里寄过去，也收不到想要的书。在那时，那是只有美元才能享受的特权。

抛开经济的原因不说，这种暖心的书信集恐怕只有在美国人和英国人之间才能成立。英国的著名的外交史家哈罗德·尼科尔森（Harold Nicolson）曾经说过：以前英国没有把美国当成假想敌，因此英国也没有必要和美国结成攻守同盟。为了证明这句话，这本书的作者海莲作为崇尚英国的美国女性登场了。在买卖书籍结束后，海莲依然给店员邮送食物。海莲收到想要的和英国文学有关的古书之后的喜悦，以及英国店员拘谨但亲切的善意，这些全部都是美国和英国文化连接的体现。

因为海莲是英国的崇拜者，所以这本书里介绍了很多英国文学的名作，读起来非常有意思。而且她的品位非常好。从塞缪尔·佩皮斯Samuel Pepys的日记到艾萨克·沃尔顿（Izaak Walton）的《垂钓者言》，她选的书都很好。她为什么有这么好的品位呢？原因可能是因为她是奎勒－库奇（Quiller-Couch）的弟子。

但是不仅如此，这里也反映了对当代文学的反感。我也有同感。也就是说，这本书反映了海莲对于新的只是为了消费而产生的书籍的绝望和厌恶。当然，对于可爱的美国女性海莲，这样的话她是不会大声说出来的。支撑她生活的是为电视写脚本，以及自己写书。我想她是出于对这些工作的羞耻心和反驳，才写了《查令十字街84号》这本书。

如果是这样的话，海莲一定很孤独。所以才会与大西洋的另一边连面都没有见过的人做朋友。恐怕是这样的。和送给她手工桌布的老妇人一样，海莲过着相似的精神生活。正因为如此，和查令十字街84号的弗兰克的交往才这么重要，这种心与心的交流才如此打动读者的心。

这本书信集最初的开始日期是1949年10月5号，最后的日期是1969年10月。历经20年岁月的交往，最后画上休止符的原因是弗兰克的死亡。我们看到关于弗兰克死亡的信都很吃惊。已经过去了20年啊，这本书让人感叹人类确实是一定会死亡的。这种结束是很突然的，因为没有人们的评论，所以反而让读者更加肃然起敬。可以说，死亡为这本书信集作品画出了大致轮廓。

《查令十字街84号》这本书的读者，会思考书籍到底是什么，真正热爱书籍的人是怎样的人，会去倾听这样的人的心声。世风

寻访伦敦查令十字街

不古,现代人的脑海里充满了恶意和敌意,人与人缺乏信任,正因为如此,这本书才有很大的存在意义。

这本书有很多译本,我也是受到了朋友的帮助。然而那位友人不希望在书上署名,我只好在此向他表示感谢。

1972年3月

在此,江藤淳首先回忆了1961年夏末自己在伦敦的一家旧书店购书的经历,这家旧书店是不是也位于查令十字街上,我们无从得知。那时,马克斯与科恩书店还没有歇业,海莲和弗兰克还在为买书而通信,不过频率也大大不如通信之初。其中还穿插了当年囊中羞涩的江藤淳,修习英国文学时为写毕业论文而买下了《劳伦斯·斯特恩全集》的难忘情景。重要的是,他谈到了海莲不俗的文学品位和对当代文学的反感,以及与现实生活的反差。他认为,海莲是孤独的,安慰她的只有与大西洋彼岸的弗兰克等的交往,而弗兰克1968年底的意外去世才让人想起这种交往竟然持续了近20年之久。

1980年4月,日本最大的出版社讲谈社也再版该书;同年10月,中央公论社将《84号》将其收入"中公文库",推出了口袋版,到1992年第四次印刷,到2001年第七次印刷,在日本风靡一时,而此时《84号》的中文版还没有出版呢。

最后值得一提的是,我国改革开放之初,江藤淳曾经来过中国。1978年8月12日,《中日和平友好条约》在北京签订,自10月23日起生效。江藤淳借此机会访问了中国,并受邀入住北京饭店。10月8日,邓小平在会见江藤淳时说:"如果台湾回归中国,中国对台湾的政策将根据台湾的现实来处理。比如说,美国在台湾有大量的投资,日本在那里也有大量的投资,这就是现实,我们正视这个现实。"这是邓小平最早向外宾表述关于"一国两制"构想的思考,而江藤淳则有幸成为这一重要历史时刻的见证者。

(载于"出版六家"微信公众号,2020年3月1日)

《查令十字街84号》背后的"金小姐"

叶 新

纽约《华埠双周刊》曾如此评价:"杨蕾孟的成就使她成为叱咤美国出版界风头最健的人物,与美国当代最负盛名的出版社编辑平起平坐。"此言不虚。本文从《查令十字街84号》的"金小姐"误译出发,考证出海莲·汉芙背后的华人女编辑杨蕾孟及她辉煌的图书编辑生涯。

"金小姐"不姓金

作为全球公认的"爱书人的圣经",《查令十字街84号》(以下简称《84号》)的中文版至今在中国已经销售上百万册。可能大家没有多加注意的是,在这本薄薄的书信集中提到一位华人"金小姐",是作者海莲·汉芙的编辑。这是译者陈建铭的一处误译,这位"金小姐"此时未婚不假,但并不姓金。还原出她的真实身份,她还是美国图书出版界一位赫赫有名的女编辑。

《查令十字街84号》背后的"金小姐"

在 1961 年 3 月 10 日给弗兰克的信中,海莲提到这位"金小姐"是《哈珀杂志》(*Harper's Magazine*)指派给她的编辑,受邀来她家里吃饭,和她讨论"我的生平故事"这本书的写作事宜。在这封信的最后,海莲特地附言"Gene's Chinese",陈建铭译为"金小姐乃中国人是也。"

这位金小姐可不是什么可有可无的人物。首先要说的是,这位"金小姐"的确是一位华人,后来加入了美国籍。但她并不姓金,而是姓杨,英文名"吉纳维芙·杨(Genevieve Young)",中文名"杨蕾孟"。"Gene"是她的全名"Genevieve"的昵称。所谓的"金",是陈建铭对"Gene"的音译,一般译为"吉恩"。因此,"金小姐"应该是"杨小姐"才对。至于为何起名"Genevieve",杨蕾孟 1930 年出生在瑞士的日内瓦(Geneva),得名于此。她的亲生父亲、著名外交官杨光泩博士此时任中国驻伦敦总领事及驻欧洲特派员,正在日内瓦出席国际联盟会议。中文名"蕾孟"则源于日内瓦的"蕾孟湖"(Lake of leman)。

不幸的是,在日本侵占菲律宾之后,作为国民政府驻马尼拉总领事的杨光泩惨遭杀害,他的遗孀严幼韵只能独自抚育三个幼女。战后,在麦克阿瑟将军的帮助下,严幼韵带着三个女儿杨蕾孟、杨雪兰、杨茜恩移居美国纽约,不久即出任联合国礼宾官。1959 年,她与中国著名外交家顾维钧结婚,两人一起生活了 25 年,

寻访伦敦查令十字街

直至他 98 岁高龄去世。严幼韵 2017 年 5 月 24 日去世，享年 112 岁。在大女儿杨蕾孟的协助下，她生前推出了她的口述自传《一百零九个春天：我的故事》，2015 年 5 月在新世界出版社出版，署名"顾严幼韵口述　杨蕾孟编著"。

催生海莲·汉芙的处女作

在杨蕾孟独立编书的初期，她遇到了海莲·汉芙。彼时她俩一个是刚刚起步的女编辑，一个是正要转型的女剧作家。1961 年 3 月 10 日提到的"我的生平故事"这本书的写作事宜，在此前 1961 年 2 月 2 日的信中已初见端倪。在这封信中，海莲向弗兰克报告说：

终于卖了一篇稿子给《哈珀杂志》。被这篇稿子折腾了三个星期，他们付给我两百美元稿费。现在他们再度向我约稿，要我将生平事迹写成一本书，他们将"预付"给我 1500 美元！并预估我不用半年就能写得出来，我是无所谓啦，不过房东可又要头疼了。

这本"我的生平故事"即《蹩脚混剧圈》(*Underfoot in Show Business*)，是海莲的处女作，催生它的就是杨蕾孟了。海莲 1985 年在利特尔－布朗出版社出版的文学性回忆录《Q 的遗产》(*Q's*

Legacy）用很大的篇幅回顾了她和杨蕾孟的交往，既有工作上的往来，也不乏生活中的交流。

海莲因为家境贫穷，并未念完大学，只是因为阅读了剑桥大学文学教授（亚瑟·奎勒－库奇爵士，Sir Arthur Quiller-Couch，即所谓的"Q"）的《写作的艺术》（The Art of Writing）等作品才来到纽约，走上了靠写作谋生的道路。她此前一直在戏剧界工作，写过几本童话故事，并没有在出版社出书的经历。

海莲曾经写过一个关于戏剧和台词写作生涯的剧本。被某个制作人退稿之后，她干脆将其改编成一篇文章投稿《纽约客》杂志，又一次被退稿后，没想到哈珀出版社的文学期刊《哈珀杂志》竟登了出来，由此挣了200美元。正是这篇文章引起了杨蕾孟的关注，她马上给海莲写了封信，要求海莲将她在纽约戏剧圈打拼的有趣故事写成一本书，并为此向她支付了1500美元的预付款。也就是说，如果将来她没交稿，这笔钱也不用返还。而如果卖得好，她还有版税可拿。

半年之后，海莲交出了她的稿子《别脚混剧圈》。杨蕾孟按约定出版了这本书，不过在两三年时间里只卖出了初版的5000册，就没有再版了。看来，这位女作家和她的女编辑，要实现她们的出书梦，还有待时日。

而杨蕾孟并没有放弃海莲，她每隔几个月就会打电话来问问

寻访伦敦查令十字街

她的写作和生活情况，如果她写了什么文章，杨蕾孟还会指点她投给什么杂志好。

错过"84号"，迎来"女公爵"

1968年12月马克斯与科恩书店经理弗兰克·德尔（Frank Doel）突然患病去世之后，为了纪念他俩这段近20年的书缘友谊，海莲写成了长达67页的《84号》，照例投给了她的编辑杨蕾孟，被后者及其所在的哈珀出版社退稿，理由是"作为文章发表，太长；作为书籍出版，太短"。万幸的是，一个小出版社格罗斯曼出版社接手出版了《84号》，随后在《读者文摘》做了摘登后，海莲就一炮而红。

第二年6月，英国安德烈·多伊奇出版社出版了《84号》的英国版，也使得她的英国之旅得以成行，这也让她很快推出了另外一本书——海莲听从了朋友的建议，在伦敦活动的五周时间里，她无论每天回旅馆多么晚，多么累，都坚持写下这一天的行程。

此后的某一天，她又拿出了这些日记，想着是否就此写篇文章投给某个旅游杂志试试。巧的是，开始打字没多久，杨蕾孟打了电话过来问她在干什么，她说在加工她的伦敦之行日记，还没等她把话说完，杨蕾孟说："你正在写一本新书，这回它是我的了！"

海莲仍在怀疑谁会看这样一本伦敦五周日记，杨蕾孟马上说就是那些《84号》的粉丝们。在这本"伦敦日记"的编辑过程中，海莲不知道起个什么书名为好，杨蕾孟曾建议叫"查令十字街84号续集"，海莲认为这不是个好书名。两人最后选定的书名是"布鲁姆斯伯里街的女公爵"（The Duchess of Bloomsbury Street，以下简称"女公爵"）。

这本书出版以后，和《84号》一样获得了成功，也带动了《84号》的再次畅销，读者来信像潮水般涌来，他们往往同时寄来《女公爵》和《84号》两本书让海莲一起签名。

这正是杨蕾孟期望的市场效果，她错过了《84号》，绝不能再错过《女公爵》。

可圈可点的编辑生涯

在《84号》出版以后，海莲有一次和杨蕾孟吃饭时，曾经对她说："在被你精心呵护十年之后，我最后写了一本在英美两国引起轰动的书，但是她不是你出版的。"虽然在《84号》这本书上，杨蕾孟留下了些许遗憾，但是她当时抓住了另一本超级畅销书《爱情的故事》，在当年美国文学类畅销书榜上排名首位。非常有意思的是，当时的《华尔街日报》曾经评论《84号》是"关于书和人

寻访伦敦查令十字街

的'爱情的故事'的真实体现",将两者巧妙地联系在一起,而《84号》被称为"爱书人的圣经"的佳话也逐渐传播开来。

但是,杨蕾孟为这本《爱情的故事》足足等了16年。

1952年杨蕾孟从美国卫斯理女子学院毕业后,进入哈珀出版社工作。由于当时女性地位较低,她只能从秘书干起,然后逐渐做了阅稿员、助理编辑、编辑。在当时的出版界,女性编辑,尤其还是一位华人女编辑,要想在男性主导的世界里崭露头角,绝非易事。

直到1968年,杨蕾孟终于等到了一个机会。她在休假期间参加一个写作培训班,从著名作家、学者埃里奇·西格尔(Erich Segal)的代理人洛伊斯·华莱士那儿得知,西格尔写过《爱情的故事》剧本,而派拉蒙电影公司据此拍摄的同名电影即将上映,他想把剧本改成小说出版,需要找个出版社编辑配合,利特尔-布朗出版社愿意为此出价4000美元,杨蕾孟认为这是一个好机会,便说动哈珀出版社以7500美元抢下了这本书的版权。但是这本书比较短,只有131页,社里的推销员们并不看好这本书,抱怨地说:"为什么我们要出版这样一本垃圾?"没想到出版之后,同名电影的热映使之大卖,至今在全球销售2000万册以上。

不止于此,这一年杨蕾孟还编辑出版了著名记者哈里森·索尔兹伯里的《列宁格勒被困900天》。她看了书稿后,认为这本书把度过的每一天都写成占一页的篇幅，效果并不好，因此给作者提了一堆修改意见。大牌的索尔兹伯里拿到书面意见后，气得把它扔到地上，这个小女子懂什么啊！他冷静下来后，又捡了起来。看完后，他对自己说："哦，说得太好了！"

在这一年底杨蕾孟跳槽到了利平科特出版社做执行主编，正是在那里出版了海莲的《布鲁姆斯伯里的女公爵》，后来做到了副总裁的位置。杨蕾孟1977年跳槽到利特尔-布朗出版社做高级编辑，最终当上了总编辑。她接手过美国国务卿亨利·基辛格这样的大牌作者，为其精心打磨了《基辛格回忆录》第二部《动乱年代》三卷本。1985年到1992年退休之前，她还担任了文学会（The Literary Guild）俱乐部主编、矮脚鸡出版社副总裁兼编辑总监等。在白人特别是犹太人主导的美国图书出版界，即使忽略她的华人身份，她也是最优秀的女出版人之一。正如《黄金时代：美国书业风云录》一书中，作者阿尔·西尔弗曼所称，她是"哈珀出版社在战后辉煌时期涌现出的最有影响的编辑之一"。

参考文献

[1] HANFF H. Q's Lagcy [M]. Thorndike：Thorndike Press，1986.

[2] HANFF H. The Duchess of Bloomsbury Street [M]. Thorndike：Thorndike Press，1973.

[3] 叶新.《查令十字街84号》背后的故事 [J]. 中华读书报，2016-04-06（17）.

[4] 彭伦，张建智．杨蕾孟：为基辛格回忆录改稿 [J]．文汇读书周报，2002-05-03．

[5] 满岚．美国出版界唯一华裔行政主管——杨蕾孟女士 [J]．华埠双周刊，1987（82）．

[6] 西尔弗曼．黄金时代：美国书业风云录 [M]．叶新，主译．北京：机械工业出版社，2010．

[7] 汉芙．重返查令十字街84号 [M]．程应铸，译．海口：南海出版公司，2019．

（刊载于《文汇读书周报》，2020年7月3日）

140年前，最早到英国查令十字街访书的中国人

叶 新

郭嵩焘（1818—1891）以"从中国到欧洲系统考察西方文化历史的第一人"著称。而就伦敦的查令十字街这条街而言，他也是最早提到这条书店街的中国人，这都是140年前的事情了。

在担任中国驻英国公使期间，郭嵩焘每天都记日记，但是当时大部分都没能出版。到了20世纪80年代初，钟叔河先生以《伦敦与巴黎日记》为名整理出版，让我们惊叹于这部只有短短两年的日记的包罗万象、事无巨细。1877年10月13日（光绪三年九月初七日）这一天，郭嵩焘从外地坐汽轮车回到伦敦，偶然遇到了一个叫"布拉卜立斯"的学者。他在日记中提到："有布拉卜立斯者，云格林克洛斯旁有讷朴书馆，谈藏学者甚多。""格林克洛斯"即"Charing Cross"的音译，今译"查令十字街"。"藏学"即矿学。郭嵩焘在光绪三年五月廿五日的日记专门说到"买英斯者，开土视所藏，西人谓之藏学"。"买英斯"即"mines"（矿业），也就是所

寻访伦敦查令十字街

谓的"藏学"。第二天他还专门去了伦敦的皇家矿业学校听课。"布拉卜立斯"不知何等人物,郭嵩焘坐车偶遇此人,经过交谈的感受是"伦敦积学士也",也就是伦敦城里一个颇有学问的人。后者告诉郭嵩焘说,查令十字街有家叫"讷朴"的书店,里面有许多矿学书籍。查令十字街以书店众多而闻名于世,是英国人爱去的觅书之地。

郭嵩焘也就上了心。他在光绪三年九月廿四日(1877年10月30日)的日记中提到:"托稷臣就格林壳罗斯书馆购觅罗阿得、苇来明金根两种《电学》,拍尔塞《藏学》。""稷臣"即罗丰禄(1850—1903),晚清著名外交官,当时在伦敦国王学院攻读化学,并充任驻英使馆的翻译。"格林壳罗斯"从译音考证,也即查令十字街。"格林壳罗斯书馆"不知是指查令十字街书店,还是指查令十字街上的某个书店,以后者更为可能,也许就是上文提到的"讷朴书馆"。"罗阿得"即亨利·明钦·诺德(Henry Minchin Noad, 1815—1877),"苇来明金根"即弗莱明·詹金(Fleming Jenkin, 1833—1885),为什么郭嵩焘要买这两种《电学》书呢,可参见他同年九月十二日(10月18日)的日记"格里之子尤精于电学,询以电学书,云罗阿得、苇来明金根二种最佳。罗阿得专言其理,苇来明金根兼及用法。""格里之子"是郭嵩焘之前访问过的一个电气厂主的儿子,精通电学。郭嵩焘就此向他问询,后者向他推荐了诺德和詹金的两本电学专著。值得一提的是，诺德以《电学教科书》最为有名，由傅兰雅和徐建寅翻译，1879年在江南机器制造总局翻译馆以《电学》为名出版，共10卷256节，其中有402幅插图。詹金以《电磁学》知名，或许就是傅兰雅翻译的1887年出版的《电学图说》。而说不定当初郭嵩焘要罗丰禄买的就是这两本书。

郭嵩焘日记中提到的"拍尔塞"著有《藏学》，也就是《矿学》或者《矿物学》。经笔者考证，这位"拍尔塞"在日记中多处出现，作"百尔西"或"百尔希"，全名为"约翰·珀西（John Percy，1817—1889）"，是英国皇家矿业学校（后并入伦敦帝国理工学院）的教授。他最知名的专著是《冶金学》（*A Treatise on Metallurgy*），或许就是他提到的《藏学》。

据笔者所见，郭嵩焘1877年10月13日的日记记载是中国人对查令十字街有书店的最早记录。而1877年10月30日的记载是去查令十字街访书的最早记录。如果罗丰禄得以成行，他就是最早在查令十字街访书的中国人。今年适逢郭嵩焘诞辰200周年，撰此小文纪念。

（刊载于《文汇读书周报》，2018年3月12日）

查令十字街上的民国访书者身影

叶 新

如果说伦敦的查令十字街是"爱书人的圣地",那么140年前中国人就已经来此朝圣了。中国第一任驻英公使郭嵩焘在光绪三年(1877年)九月廿四日的日记中记载:"托稷臣就格林壳罗斯书馆购觅罗阿得、莆来明金根两种《电学》,拍尔塞《藏学》。""格林壳罗斯"就是查令十字街,他让使馆的翻译、伦敦国王学院的学生罗丰禄到这条街上的书店给他买三本科技书籍。时间荏苒,一晃就到了20世纪30年代,中国的出版人、学者、留学生们纷至沓来,寻找他们中意的书籍,享受"不买书,看看也好"的乐趣。

1930年6月,回国就接任商务印书馆总经理的王云五从美国前往英国考察,本来才待12天,没有访书的安排。刚好负责接待的一个使馆人员曹某是他学生的学生,"性好聚书",偶然和他谈起位于查令十字街上的福伊尔书店(Foyle Book Store,他称为"霍里书店")是英国乃至全世界最大的旧书店,"搜罗新旧书籍期刊之丰富,索价之低廉,使平素爱书如余者食指大动"。王云五本是个爱书如命的人，马上催促曹某带他前往。由此，他第一次访查令十字街。

当然，此次初识也让王云五满载而归、公私两顾。据他在《岫庐八十自述》所说，他不仅廉价购买到了美国出版的一些绝版书，还买到了名贵的全份《哲学评论》（Philosophical Review），以及美国传教士裨治文在中国创办的《中国丛报》（China Repository）全份，虽然索价颇高，但全份难得，且还是为商务印书馆东方图书馆购置，后来这些书由福伊尔书店直接运送回国。他自己也买了几种古本书作为纪念，其中有十六世纪初期印刷的拉丁文版《圣经》和牛顿所著《数学原理》（Principia）的手抄本。

13年后的1943年12月，"前度书客今又来"，王云五作为中国国民政府参议员代表团的一员再次访问了英国，不例外地又来到了念念不忘的福伊尔书店。可惜的是，当年他为东方图书馆购得的珍稀书刊，在1932年"一·二八事变"中，随着商务印书馆被日军炸毁而"香消玉殒"。这次来访则没有当年那样的好书了，不过聊胜于无，公务在身的他忙里偷闲，也在此盘桓了一天半的时间。由于在英国购书太多，重达五六十公斤，超过坐飞机二十公斤之限额，他不得不将大部分书籍交付船运，他感慨说："今以限于超额之例，不得不临时割爱，其难堪之状，惟爱书如癖者始能了解之。"

寻访伦敦查令十字街

再来者,就是朱自清先生了。按清华大学教授服务五年,可以有一年全薪在国外访学的通例,1931年9月朱自清到了英国,在伦敦大学进修语言学和英国文学。朱自清刚到伦敦的第四天,就迫不及待地到福伊尔书店看旧书。他提到,"说是旧书,新书可也有的是;只是来者多数为了旧书罢了。"关于在伦敦访书的经历,他在1934年出版的《伦敦杂记》专文作了记述。

朱自清在该书的头一篇就是《三家书店》。这篇文章里提到:"伦敦卖旧书的铺子,集中在切林克拉斯路(Charing Cross Road)",我们仿佛看见走在查令十字街上的他娓娓道来:

路不宽,也不长,只这么弯弯的一段儿;两旁不短的是书,玻璃窗里齐整整排着的,门口摊儿上乱哄哄摆着的,都有。加上那徘徊在窗前的,围绕着摊儿的,看书的人,到处显得拥拥挤挤,看过去路便更窄了。

他重点描述的当然是福伊尔书店:"新旧大楼隔着一道小街相对着,共占七号门牌,都是四层,旧大楼还带地下室——可并不是地窨子。"店员已经从28年前的1人发展到了如今的200人,藏书也到了200万种,因此伦敦的《晨报》称其为"世界最大的新旧书店"。朱自清多次造访这家书店,曾在这里半价买了本《袖珍欧洲指南》,也有其他的书籍。他在1932年10月31日的日记中写道:"在福伊尔(Foyle)观书甚久,购书数种,均尚惬意。其一为英文岁时诗，装订极佳，余尤喜之。"

朱自清先生总认为最值得流连忘返的就是那满是旧书的地下室了，在这里就像"掉在书海里一样"，翻翻看看，看看翻翻，想不想买书、买不买得到书，都无所谓了。人同此心，我们买旧书图的不就是这种乐趣吗，我们不就是一再地重复、回味这种淘书的乐趣吗？

有意思的是，比朱自清提前一年访学英国的同事吴宓先生在日记中则几无在查令十字街访书的记录，也许是因为他访学牛津大学之缘故。他1930年10月3日和1931年1月14日两次提到了Charing Cross，前者不过是找路边的乞丐抄诗，后者也只是到街上吃饭，饭后到国家美术馆观画。

紧接着而来的是1934年到英国留学的杨宪益先生。这年秋天，他进入牛津大学墨顿学院，从事古希腊罗马文学、中古法国文学及英国文学研究。学习期间，他曾多次前往伦敦，到查令十字街逛逛旧书店，有时买上几本。这些经历在他的自传中都有所记载。他把查令十字街称为"契林十字街"，"说起傍晚时到契林十字街和托特纳姆院路附近的旧书店掏旧书的事，我只记得当时买了英译本《马志尼全集》和《海涅全集》以及法文原本《儒勒·凡尔纳小说全集》。"

杨宪益本是富家子弟，出手大方。而1935年秋天从清华大学来英国伦敦大学攻读考古学的夏鼐则未免囊中羞涩，不过一样也是嗜书如命的做派。在他后来出版的《夏鼐日记》中，有13天的

寻访伦敦查令十字街

日记提及自己前往查令十字街购书，成了查令十字街的老顾客，当然他也涉足其他街区的书店。比如他在同年 11 月 15 日的日记中记载"上午进城，在 Charing Cross 旧书肆随意翻阅，身边只有 9 个先令多的零钱，买了一本书便费去 8 先令，不敢再买了"。而最能代表他购书时心态的就是 1936 年 11 月 23 日—30 日的日记记载：

在旧书铺中乱翻书籍，却时常耗费了整个下午。这个恶习，从前在上海时便养成了，一个月只进城一次，到北四川路旧书铺中寻旧书，尤其是最后二年，得了 40 元的奖金，有钱可以买书了。后来到北平，也只是每个月进城一次，东安市场、琉璃厂的旧书铺，时常消磨大半天，剩下的时间，匆匆购买零用的东西，便搭车返校。现在因为校址与伦敦旧书铺中心点 Charing Cross Road 相近，自己便每星期或二星期去一次，结果是时间耗费不少，所得便宜极为有限，因为值得买的旧书不多。而此间生活费昂贵，时者金也，未免有点心痛，这癖气非矫改不可。

夏鼐将在国内上学时养成的爱买书的习惯称为"恶习"。但是这个恶习随着他一路上升学却愈演愈烈，从上海的北四川路旧书铺，延伸到了北京东安市场、琉璃厂的旧书铺，最终蔓延到了伦敦查令十字街的旧书铺。他吝惜为此花出的时间和金钱，痛下决心要改掉这个"癖气"。但从后来的日记看，他"恶习"难改，又在这些旧书铺里钻来钻去，又买了几本旧书。

到 1939 年夏鼐学成归国时，如何将积少成多的书籍带回国又成了一大难题。他只能到福伊尔书店接洽装箱，交付船运。他在 9 月 20 日记载说："书籍一部分已行装箱，计 14 箱，约占 18 立方呎。"（18 立方呎约为 0.5 立方米）积书之多，令人咋舌。

值得一提的是，为王云五、夏鼐代寄书籍的福伊尔书店与清华大学有着不小的书缘。清华大学图书馆的有些馆藏书籍是按福伊尔书店提供的书目向福伊尔书店购买的，而该校的师生的个人购书，也可以顺带。与夏鼐同级不同班的季羡林、王岷源等都有经清华图书馆向该书店买书的经历。

此后又过了 10 年，美国一个 33 岁的老姑娘海莲·汉芙，向大洋彼岸位于查令十字街上的马克斯与科恩书店购买旧书，演成了一段长达近 20 年的"书缘、情缘"佳话，最终演成了一本连当今的中国爱书人也耳熟能详的《查令十字街 84 号》。因此，追随当年朱自清、夏鼐们的脚步，这条街上的中国人身影也越来越多，当然也包括 2009 年的我。遗憾的是，这条街上的旧书店却越来越少了。

写到最后，我仿佛又回到自己当年在查令十字街访书、在福伊尔书店徜徉的惬意场景，顿时觉得跟王云五、朱自清、杨宪益、夏鼐诸位先生之间有了一种奇妙的关联！

（刊载于《中华读书报》，2018 年 4 月 4 日）

从未到过，何来重返

叶 新

前年的4月，"新经典文库"推出了《重返查令十字街84号》（以下简称《重返》），腰封上注明是"《查令十字街84号》续篇"，作为"84号迷"的笔者当然也马上入手了一本。

2016年4月译林出版社推出新版《查令十字街84号》，并借着《北京遇上西雅图之不二情书》电影热映而大卖之后，有心的其他出版社推出作者海莲·汉芙的其他书籍也在情理之中，笔者只是遗憾为何推出得这么晚，无法做到有效的借势。

这两本书的推出日期都是4月。而4月对海莲来说实在是一个意义非凡的月份，因为她出生于1916年的4月15日，去世于1997年的4月9日。4月9日和4月15日刚好在一周之内。对"84号迷"来说，4月就是当之无愧的"海莲·汉芙月"！再加上4月23日又是世界读书日，多读点书特别是海莲的书，多做点与此有关的讲座、读书会、观影会，是再好不过的了！

但是回头看看，台湾版《查令十字街84号》的初版日期是

从未到过，何来重返

2002 年 1 月，大陆版《查令十字街 84 号》的初版日期是 2005 年 5 月，并未刻意选在 4 月。也许出版社一开始并未注意到这个月份的特殊意义，而现在的出版社意识到了，这就很好。正如笔者 2009 年 4 月第一次踏足查令十字街，寻觅 84 号，也并不知道 4 月的特殊意义。

笔者只是不解当初"新经典文库"推出这本书时，为何起名为"重返查令十字街 84 号"？

该书确实是"《查令十字街 84 号》的续篇"，海莲 1971 年借着《84 号》推出英国版的机会，于 6 月 17 日从美国纽约飞往英国的伦敦，开始她人生第一次的英伦之旅。美国《读者文摘》杂志为海莲写的与"84 号迷"的文章所付的优厚稿酬，让海莲买下了英国海外航空公司的机票和一些价格不菲的衣服；而英国版的预付版税虽然不多，也足够让她到魂萦梦牵 20 年的伦敦逗留三周（实际上待了快 6 周）。

从海莲 1949 年 10 月给位于查令十字街 84 号的马克斯与科恩书店写信购书，到 1968 年 12 月她一直联系的经理弗兰克·德尔突然去世，连头带尾 20 年的时光。这段友谊说长不长，说短不短，因为买书和卖书而有了一种特别的意义。

正是这段因书而有的因缘，才最后导致了《查令十字街 84 号》的诞生。它让《查令十字街 84 号》的传奇至今传唱，它让

寻访伦敦查令十字街

一茬茬的"84号迷"到此朝圣。即使此地现在已经是一家麦当劳餐厅,连"84号"的门牌号也已经变更,只剩下一块孤零零的铭牌仍然挂在门边的墙上让人瞻仰。

《重返》的原书名是"The Duchess of Bloomsbury Street",直译过来是"布卢姆斯伯里街的公爵夫人"。为何起这个书名,是因为英国出版商安德烈·多伊奇安排海莲在6月22日为《查令十字街84号》的英国版签售,地点是查令十字街上的普尔书店。为什么不是在84号签售,因为此时的马克斯与科恩书店已经歇业关门。

海莲签售的那天虽然下着雨,但是这条街上的每一家书店都醒目地摆着《查令十字街84号》,所有的经理和店员都笑容可掬地对海莲欠身致意,和她握手。人们在雨中排成一条长龙等待她的签名,而她的回报是:不仅在每本书上签上她的名,还要写上一小段贴切的话来占满整个扉页,这让本来时间不短的签名活动变得更长。那天的活动还有很多,不一而足,一直到深夜才结束。

弗兰克的"伦敦老乡"们对海莲的善待,让她感觉自己就是"布卢姆斯伯里街的公爵夫人"了,《重返》对应的原书正是得名于此。

按说在1971年6月17日希思罗机场下机之前,海莲从未踏上过英国的土地,何来重返查令十字街84号呢?当然"布卢姆斯伯里街的公爵夫人"也很难让人产生和"84号"的联系。

值得一提的是,海莲的华人女编辑杨蕾孟在1970年错过了

《查令十字街 84 号》，对一直呵护海莲的她当然是一件憾事。海莲在 1971 年 6 月飞往英国伦敦之前，有人建议她每天写日记，并送给她一个笔记本。海莲从英国伦敦返回美国纽约之后，当杨蕾孟得知海莲写了伦敦日记即《布卢姆斯伯里街的公爵夫人》之后，赶紧为新东家利平科特出版社将之收入囊中，于 1973 年出版。

笔者曾在孔夫子旧书网购得《布卢姆斯伯里街的公爵夫人》1973 年版的一版二印版本，后来又购得该书的一版一印版本。而让笔者欣喜的是，新近以 200 元这么便宜的价格购得一册有海莲签名的初版本。要知道，孔夫子旧书网上有店主为《84 号》1971 年初版的作者签名版叫到了 18000 元的天价！

从 1971 年之后，海莲又多次到访英国，也去过伦敦以外的地区，比如简·奥斯汀的故乡等。《查令十字街 84 号》多次被改编成戏剧和电影，她的写作生涯虽然不温不火，但总算有了起色。到 1985 年海莲推出了自己的文学生涯回忆录《Q 的遗产》（*Q's Legacy*），畅谈她的文学道路和人生感悟。如果中国读者想了解《查令十字街 84 号》及其续篇背后的故事，《Q 的遗产》值得一看。

也许到明年 4 月，我们会推出《Q 的遗产》的中文版也未可知。读者要问，为何偏偏要选在 4 月？因为生活需要仪式感。

让我们把 4 月这个"海莲·汉芙月"进行到底吧！

缺憾也是一种圆满

后宗瑶*

在此之前，从未耳闻《查令十字街84号》，更遑论拜读与观看。这是今生的第一次谋面，一个天气略霾的午后。第一眼，惊诧，蛋黄的护封包裹着奶白的封面，烘托出一份恰如其分的暖意，再入眼，惊喜，书封最上端的两幅小图，尤其是一沓信件的小图直将喜欢二字撞入心怀。无端的，我知道，我心悦她。非要寻个理由；可能是她的小巧，可能是她的精致，我更愿意是冥冥中的缘分。

缘分，太过玄妙，太过莫测，或是转角的刹那，或是回眸的一瞥。因缘而始，因缘而终。缘分有时候也是一种缺憾。海莲有意的找寻，无意的选择，造就了后来的种种。

1949年10月5日，一份简短但满怀作者憧憬的小信，插着翅膀，飞过大西洋，坚决地向伦敦查令十字街84号而来，一份未知的因如期而至。1949年10月25日，已结的果朝着因的源头——

---

* 后宗瑶：安徽芜湖人。现为北京外国语大学国际新闻与传播学院博士生。

纽约东九十五大街 14 号而去。海莲·汉芙与弗兰克·德尔因书缘而识，故事由此开端。

嗜书如命的海莲犹如发现宝藏，令她兴奋莫名，弗兰克也因有这样一位爱书的顾客而欣喜，信依旧一来一往，从一开始的简单的顾客和书商之间的关系，慢慢变成了有着深厚友谊的朋友关系。信是鸿雁，传递海莲与查令十字街 84 号的情谊。直到 1969 年 1 月 8 日，带着噩耗的信不急不慢地到来了——德尔于上上个礼拜天去世了。诧然无语，只是一遍又一遍读着来信……此生，最大的缺憾，莫过如此。

缺憾，似乎从未离开过海莲。十九岁进入费城大学读英文，但不过一年，就辍学，求职谋生。爱书，但买不起贵书，且在自己所在地买不到想读的书。一直想去拜访查令十字街 84 号，钱总是问题，即便钱够了，也总出状况，拜访一推再推。德尔的辞世无疑是此生最大的缺憾，因书而结的挚友，终是未能得见。等她终于来拜访了，念着"弗兰克，我来了，我终于来了"，查令十字街 84 号早已人去楼空，只有厚厚的灰尘和满目的蜘蛛网。

但，缺憾也圆满了海莲。虽然早早辍学，但她之后的刻苦自学铸就了她嗜书如命且为书质量斤斤计较的性格。因为美国书价贵且质量难入她眼，才会将目光投向海外，因而，与查令十字街 84 号结缘，才会与德尔相识，结下 20 年的情谊。也因为德尔的与

寻访伦敦查令十字街

世长辞，无缘再见，才萌生出版《查令十字街 84 号》纪念那过往的一切。也因为缺憾，读者更加感同身受，世事无常，要倍加珍惜现在。那份缺憾，是海莲心中的痛与苦，也是读者心中的悲与情。

先去的弗兰克，同样有着缺憾也同样圆满了自己。志趣相投，经年历月，是否化为另一份难诉的情感？他的太太曾在信中对海莲这样写道：不怕你见笑，有时候我还会嫉妒你。因为缺憾，所以才会成为心头的一点朱砂，无言的禁忌。因为缺憾，所以难诉，所以此间永存。也因为缺憾，读者只有怀着敬畏去看待去欣赏。

"你们若恰好经过查令十字街 84 号，请代我献上一吻，我亏欠她良多……"海莲曾这样说道。是啊，她亏欠良多，欠一个迟了 20 年的拜访，欠了一段永难了结的情意，更是欠了岁月一段回忆。唯有那神圣的一吻，才能稍解满心的歉意。

有时候，我常在想，若不曾有那缺憾，弗兰克未辞世，海莲如愿也踏上了去往查令十字街 84 号的旅途，一切又将如何？初见的诧异，再看的惊喜，念着"你终于来了，我们可是心心念念呀！"一边回着"这不，我的伊丽莎白女王——海莲对自己坏了的牙齿的戏称——终于安稳了吗？立马就来了吗"；一边自己打量着众人。度过这次愉快的拜访之旅，了却自己一直以来的向往。回国，继续彼此的联系，时不时地拜访一下，直到有人先走一步……那时更多的是对岁月的感慨，对时光的易逝以及对过去的追忆；而不会是缺憾。《查令十字街 84 号》是否会问世？即便问世又是否像现在这样？我无从回答。但，若真如此，海莲只会，浅笑安然，岁月静好。流光易把人抛去，卿自归真，止水无痕。然而，读者恐怕要暗自神伤、凄凄怨怨了。

缺憾圆满了那家书店，查令十字街 84 号已经成为全球爱书人之间的一个暗号。世界上只有两家书店，一个便是查令十字街 84 号。缺憾圆满了《查令十字街 84 号》，使它译本众多，享誉全球，让广播、舞台、银幕也钟情于它。因为缺憾，所以人们不舍，不愿看到这样的结局，自己一个旁观者都这样了，那经历者又岂是一个悲字了得。鲁迅说，所谓悲剧就是把人生有价值的东西撕碎给你看。缺憾，何尝不是如此。正因为缺憾难圆，才更加懂得缺失部分的珍贵。时间都去哪儿了，从手指尖滑过，从指缝间漏过，缺憾也随着时间偷偷来了。这么多年里人们读它、写它、演它，是对那份缺憾的无奈，惋惜和记忆，更是对自己的提醒。

海莲此生因缺憾而备受生活的磋磨，也因缺憾而圆满了自身。此生已逝，来世未知。若是能预见这一切皆因缺憾而起，她将如何？

（刊载于《中国工人》，2016 年第 6 期）

电影《北京遇上西雅图之不二情书》中《查令十字街84号》的隐喻艺术

张颖婷

隐喻,即"一种隐含的类比,它以想象方式将某物等同于另一物,并将前者的特性施加于后者或将后者的相关情感与想象因素赋予前者"。电影《电子情书》中的《傲慢与偏见》和《教父》则寓意"男权思想"与"女性意识"的冲突。可见,图书作为一种隐喻元素出现在电影剧情中,对诠释电影主题起到了推波助澜、锦上添花的作用。

《查令十字街84号》这本被全球人深深钟爱的书,记录了纽约女作家海莲和伦敦旧书店经理弗兰克之间的书信情缘,至今已被翻译成数十种文字流传。2016年4月29日,由薛晓路编剧执导,吴秀波、汤唯主演的爱情故事片《北京遇上西雅图之不二情书》在中国内地上映。电影中汤唯扮演的澳门赌场公关焦娇和吴秀波扮演的洛杉矶房产经纪人大牛,两个毫无关联的人通过《查令十字街84号》开始了心灵上的交流与慰藉。为了更好地表达电影的主题意蕴,导演运用了许多隐喻艺术手法,使得故事情节更加丰富,人物形象更加丰满,对一些镜头交代不清楚的情节也起到了补充、暗示的作用。

"书信"的隐喻意义

《查令十字街街84号》是电影《北京遇上西雅图之不二情书》故事内容的直接灵感来源,电影中焦娇和大牛书信往来的桥段,正是借鉴了书中纽约女作家海莲·汉芙和伦敦马克斯与科恩书店的经理弗兰克·德尔之间长达20年的书信情缘的故事。当观众了解到海莲与弗兰克之间的书信情缘之后,"书信"所隐喻的"情愫"就可以带给观众更多的想象空间,电影的内涵也会随之扩大。焦娇和大牛的信件贯穿全片,他们在信件中分享生活中的酸甜苦辣和心路历程,也谈论着海莲和弗兰克的爱情故事:

①大牛:"'教授'那么神圣的称谓被你们这些年轻女孩用来随意调侃,真是数典忘祖,白看了《查令十字街84号》,也不学学海莲,对书店老板弗兰克的尊重。"

②焦娇:"那悲催女编剧和书店老板20年通信不见面得有多变态呀。这种所谓的古典爱情可信吗?值得尊重吗?"

寻访伦敦查令十字街

③焦娇:"虽然我看不懂这本书,但是那书店老板弗兰克是肯定不会说这句话的。"

④焦娇:"我相信人生中有些相遇是命中注定的,就像海莲和弗兰克他们两人的相遇源于一则卖书的广告。"

⑤大牛:"日子过得有点乱是什么意思?是不顺吧?你再不顺,能比海莲不顺?她一辈子都住在一个白蚁丛生、摇摇欲坠的破楼里。今天是她一百岁的生日。"

⑥焦娇:"你想想,如果当年她拿给好莱坞写破电视剧那点稿酬去拉斯维加斯赌一把,那她说不定就有钱去伦敦见弗兰克了。"

⑦大牛:"有道理,伦敦中西二区不大,说不定我们能碰上。"
焦娇:"哪里?查令十字街84号吗?"

⑧大牛:"不会吧,海莲和弗兰克耐着性子写了20年不见面,咱这才到哪儿。"

⑨焦娇:"你说海莲要是当年在拉斯维加斯赢一把,可能早就来伦敦见弗兰克了,我现在拿着这笔钱来了。"

从焦娇与大牛的通信内容中可以看出,信件中多次提到海莲与弗兰克之间的故事"相遇源于一则卖书广告""20年通信不见面"、没有钱去伦敦等。这些故事内容构成了电影《北京遇上西雅图之不二情书》的故事框架:焦娇和大牛因为一次退书而开始了频繁的书信往来;焦娇和海莲一样,因为囊中羞涩,一直没有机会去伦敦；焦娇和大牛兜兜转转一年多没有见面，却在一封封书信交流中渐渐发酵出暧昧的情愫。导演通过海莲与弗兰克之间的精神之爱隐喻焦娇和大牛之间微妙的爱情，将海莲与弗兰克、焦娇与大牛之间的书信情缘进行对照升华，为电影增添了许多浪漫和诗意。

海莲·汉芙的隐喻意义

电影通过隐喻的艺术手法来塑造角色，有利于塑造人物形象，表达人物情感，增强人物的性格张力和艺术表现力。在电影《北京遇上西雅图之不二情书》中，大牛偶然看到了纪念海莲·汉芙一百周年诞辰的海报。他感触良多，随即给焦娇写了一封信："日子过得有点乱是什么意思？是不顺吧？你再不顺，能比海莲不顺？她一辈子都住在一个白蚁丛生、摇摇欲坠的破楼里。"电影通过海莲·汉芙坎坷的一生映射焦娇的现实生活——经历过感情欺骗，过着躲避债主、居无定所的生活。而焦娇的人物形象也透露着海莲的性格特征：大方，直率，热情，善良，敢爱敢恨，等等。导演通过设置隐喻，对焦娇的人物性格和命运进行烘托、暗示，对焦娇的人物形象塑造起到了画龙点睛的作用。

寻访伦敦查令十字街

《查令十字街 84 号》的隐喻意义

　　书信小说《查令十字街 84 号》在电影《北京遇上西雅图之不二情书》中的频繁出现,俨然成为"浪漫情缘"的隐喻。影片开头,焦娇和大牛因为《查令十字街 84 号》结缘,在一来一往的信件交往中,逐渐了解彼此,最终走到了一起。影片中间部分,焦娇在赌场邂逅了一位正在读《查令十字街 84 号》的诗人,两人在一起谈论诗书,逐渐陷入爱河。《查令十字街 84 号》作为一个极其重要的道具贯穿电影始终,成就了焦娇的两段感情。电影也通过《查令十字街 84 号》含蓄地完成了对"爱情"的隐喻,具有深刻的隐含意义。

"查令十字街 84 号"的隐喻意义

　　"你们若恰好路经查令十字街 84 号,请代我献上一吻,我亏欠她良多……"是《查令十字街 84 号》中的名句。随着《查令十字街 84 号》的热销,"查令十字街 84 号"也被誉为"全球爱书人的圣地",甚至成为一个隐喻文化内蕴的象征。电影中的"查令十字街 84 号"出现在影片结尾,一块小小的圆形铜牌上写着"查令十字街 84 号,因海莲·汉芙的书而举世闻名的马克斯与科恩书店原址"。"查令十字街 84 号"既是海莲和弗兰克书信集诞生的地方,也是焦娇和大牛书信结缘的地方，具有深刻的隐喻意义。导演通过"查令十字街84号"将原本身处两个世界，素昧平生的焦娇和大牛联系到一起，最后又让焦娇和大牛在"查令十字街84号"浪漫相遇，首尾呼应，将影片的氛围推向高潮。可以说，"查令十字街84号"既是焦娇和大牛爱情的见证，也是他们敞开心扉、互相救赎的桥梁。

电影《北京遇上西雅图之不二情书》借助《查令十字街84号》相关的隐喻符号，含蓄地表达了焦姣和大牛之间朦朦胧胧、若隐若现的爱情故事。不仅引导了观众对电影内在意义的发掘、思索与把握，使观众获得更多的审美享受，还使影片具有寓言式的深刻主题，为电影《北京遇上西雅图之不二情书》增加了另一种解读方式。

参考文献

[1] 张沛．隐喻的世界 [M]．北京：北京大学出版社，2004．

（刊载于《学园》，2018年第9期）

只是恰好遇见你，《查令十字街84号》

王 燕*

2010年，大学二年级，没课的下午会骑车穿过校园奔向图书馆。有时去八层考研专属教室看看那些埋头苦读的备考战士，有时晃到七层报刊架前随手翻阅最新一期时尚杂志或者当日报纸。最常去的是三层文学馆，指尖划过一本本排列整齐的中外文学书脊，或因独特的书名或因精致的装帧，或因书籍质量有保证的"厂牌"，或者只是因为当天的心情，选一本喜欢的书借阅。当指尖与眼神恰巧和《查令十字街84号》这本小书相遇时，停留、打开、静心阅读。

"查令十字街"是英国伦敦一条无与伦比的老街，被视为全世界书籍暨阅读地图最熠熠发光的一处所在，是全世界爱书人的圣

---

* 王燕：河北衡水人。毕业于上海理工大学出版印刷学院。现就职于接力出版社儿童文学编辑部。

地；《查令十字街 84 号》是一本 135 页的小书，是一叠悠悠 20 载的书信集。我几乎是一口气读完了这本 2005 年由译林出版社出版的简体字书，就像捧着 20 年的光阴，小心翼翼，生怕错过一个字。阅读海莲·汉芙的信是一件愉快的事，那活泼跳跃又不乏幽默自嘲的口气让人忍俊不禁。海莲列出冷僻的书名，书店经理弗兰克·德尔先生，一位矜持稳重的英伦绅士便到处寻觅购买。于是一封封书信往来，美元兑换成英镑，英镑再兑换成美元，本该是平淡的书籍供求生意因海莲的古灵精怪变得有趣起来。让人难以置信的是，这位自称"和百老汇的乞丐一样时髦"的女作家与伦敦这家专营绝版书的马克斯与科恩书店之间，竟然能保持通信 20 年。

海莲一直想去梦寐已久的查令十字街，向往着这家朋友口中"活脱从狄更斯书里跳出来的可爱铺子"，向往着伦敦的一切事物。书店里每个人都喜欢海莲，他们之间索书、道谢、问候、互赠礼物，对见面充满期待和想象。可是海莲却一拖再拖，竟拖了十几年才踏入这家书店，而这时弗兰克已经病逝，员工们相继离开，书店也因生意萧条准备关门。说实话，读到 1953 年的信件时我已按捺不住内心的焦灼，为什么不尽早动身去英国旅行？这难道不比窝在简陋发霉的公寓里自我修炼更重要吗？

海莲站在空荡荡的书店里说："我来了，弗兰克，我终于来

寻访伦敦查令十字街

了。"如果不是因为弗兰克腹膜炎并发不幸早逝,让她觉得一定要做点什么,这些信件恐怕永远不会面世,它们大都信手写来,原本不是为写给别人看的。至此,我也只好拿张立宪那篇《爱情的另一种译法》来安抚自己为海莲和弗兰克错过见面而遗憾的心绪:"当爱情以另外一种方式展现铺陈时,也并非被撕去,而是翻译成了一种更好的语言,上帝派来的那几个译者,名叫机缘,名叫责任,名叫蕴藉,名叫沉默。还有一位,名叫怀恋。"

我喜欢这本书。书信集,用邮戳图案设计的封面,一枚精致的藏书票,考虑到中国人手比较小而缩小的开本。除了海莲在信中列出的一个个带着神圣面纱的作者和书名,书后附录也将古文学的先知们和伟大的巨著一一列举了出来,可谓一份翔实的阅读清单。书缘,情缘,这也就不难理解为什么这本小书会被誉为"爱书人的圣经"了吧。

2016年,当电影《北京遇上西雅图之不二情书》热映时,《查令十字街84号》的书名点燃了许多影迷的热情,电影火爆上映,这本书也随之一夜火爆。只是电影中伦敦查令十字街84号坐标上,那位当着全世界有缘之人"信使"的英国绅士,与海莲笔下的故事相差甚远……

人与书的相遇和人与人的相遇是一样需要缘分和运气的,我和那些《查令十字街84号》的书迷一样觉得自己很幸运,被它吸引,从此开启了一段心灵之旅。只是恰好遇见你,《查令十字街84号》、海莲·汉芙、弗兰克·德尔、马克斯与科恩书店,你们住进了我心里,时常想起。若我此生有机会来到查令十字街84号的门牌前,愿代汉芙献上一吻。

《查令十字街84号》的文字语言与镜头语言

张颖婷

第一部分：文字语言

一、平淡质朴的语言风格

《查令十字街84号》采用书信体的写作手法，记录了纽约女作家海莲和伦敦旧书店经理弗兰克之间的书缘，情缘。小说故事情节的展开、环境心理的描写和人物形象的塑造都是通过一封封书信来实现的，语言风格平淡、质朴，读起来亲切、真实。书中不乏许多细腻的心理描写，如"一打开书页，总会落在某几个特定段落，冥冥之中似有前任书主的幽灵引导着我，领我来到我未曾徜徉的优美辞藻"，这段心理描写，把海莲对旧书的痴爱描写得细致、感人。

二、大陆版和台湾版翻译对比

《查令十字街84号》刚在美国出版时销量平平,只在小圈子里流行,但在英国出版后引发轰动,渐渐地被翻译成数十种文字流传。目前中国图书市场上流传的《查令十字街84号》主要有两个版本:2002年时报出版社出版的《查令十字街84号》台湾版,以及2005年译林出版社出版的《查令十字街84号》大陆版。两个版本均由原台湾诚品书店古书区店员陈建铭翻译。陈建铭有着非常深厚的语言功底,细细咀嚼他在翻译《查令十字街84号》所用的每一段文字,海莲的热情率真,弗兰克的温文儒雅,以及店员们的幽默风趣都跃然纸上。原作中所表达的深情、无奈、遗憾等思想情感也自然地流露在字里行间。但由于台湾与大陆的文字表达和文学审美有所不同,所以两个版本的《查令十字街84号》在内容上也存在一些差异。

两个版本在内容上的差异

日期	大陆版	台湾版	备注
1949–10–05	我在《星期六文学评论》上看到你们刊登的广告	我在《星期六文学评论》上看到您们刊登的广告	大陆版用"你"字,更能表现海莲直爽的性格
1949–10–05	另一个字眼"古书商"	另一个字眼"古书"	"古书商"和"古书",概念不同

寻访伦敦查令十字街

续表

日期	大陆版	台湾版	备注
1949–10–25	您所列出的三种哈兹里特散文	您所列出的三篇哈兹里忒散文	表述不同
1949–10–25	斯蒂文森的作品	史蒂文生的文章	表述不同
1949–10–25	随书附上发票,请查收	随书将附上账单一分,并请查收	台湾版的语气更温和
1949–10–25	布面精装普通版	布面精装普及版	表述不同
1949–11–03	把它放进我用水果箱权充的书架里	把它放进我用水果箱权充的克难书架里	台湾版多了"克难"二字
1949–11–03	生怕污损它	深怕污损它	表述不同
1949–11–18	把通俗拉丁文圣经整成这副德性	把拉丁文圣经整成这副德性	大陆版多了"通俗"二字,更为具体
1949–11–18	他们活该都下十八层地狱,你记着我的话准没错	他们全部活该下十八层地狱,你记住我的话准没错	表述不同
1949–11–18	如果里面有伊索	如果你们看到有伊索	表述不同
1949–11–26	本书由于是一八七六年出版的旧版本	由于本书为一八七六年出版的旧版本	表述不同
1949–12–08	每个月只分得一只鸡蛋	每个月只分得一颗鸡蛋	表述不同
1949–12–09	里面主寄的是一条六磅重的火腿	里头有一条六磅重的火腿	大陆版用"主寄",说明除了火腿还有其他东西
1949–12–09	自己拿去给肉贩	拿到肉贩那儿	表述不同
1950–03–25	你害我不得已枯坐在家里	你害我只能枯坐在家里	台湾版表述的语气较重
1950–03–25	我已经叫复活节兔子给你捎个"蛋"	我已经叫复活节兔子给你捎颗"蛋"	表述不同

续表

日期	大陆版	台湾版	备注
1950-03-25	你已经慵懒而死了！	你已经全身瘫痪了	同样是表达弗兰克"偷懒"，大陆版语气较重
1950-03-25	我要那款款深情而不是口沫横飞的	我要的是款款深情而不是口沫横飞	表述不同
1950-04-07	有教养且打扮时髦的人	有教养且长相聪慧的人	"时髦"和"聪慧"，概念不同
1950-04-07	大家对您寄来的包裹	大家对这些包裹	表述不同
1950-04-07	万一您想到有什么我可以从这儿寄给您的，可以写信告诉我	万一您要我从这儿寄点儿什么给您，尽管写信告诉我	大陆版表述较为委婉
1950-04-10	大概就跟百老汇街上的叫化子一样"时髦"吧	大概就跟百老汇街上的叫化子一样"聪慧"吧	"时髦"属于外貌描写，"聪慧"属于内在描写
1950-04-10	我成天穿着破了洞的毛衣跟长毛裤，因为住的老公寓白天不供应暖气	我住在一栋白蚁丛生，摇摇欲坠，白天不供应暖气的老公寓里	大陆版属于外貌描写，表现海莲穿着打扮简朴。台湾版属于环境描写，表现海莲生活环境窘迫
1950-04-10	我只是在打趣	我只是虚张声势	"打趣"与"虚张声势"意思不同
1950-04-10	不过就知道他会当真	结果他全当真了	大陆版的表述更像是意料之中的，台湾版的表述更像是意料之外的
1950-04-10	我一直想要揭穿他那英国式的矜持	我就是好捉狭，他越温文儒雅，我偏偏越爱去逗弄他那英国式的矜持	台湾版更能表现出海莲撒娇可爱的小女人心思

寻访伦敦查令十字街

续表

日期	大陆版	台湾版	备注
1950–04–10	要是哪天他得了胃溃疡，都是我害的	哪天他要是得了胃溃疡，都是我害的	表述不同
1950–04–10	游客往往带着先入之见，所以他们总能在英国瞧见他们原先想看的	游客往往都先打好了主意，而他们总能在英国瞧见他们想看的	表述不同
1950–09–25	订了一大套特贵的物理学书	订了一大套超贵的物理学书籍	表述不同
1951–02–02	如果您想要更为完整的爱迪生与斯梯尔文集的话	如果您对与此同一系列——阿迪森与史迪尔的其他文章感兴趣的话	表述不同
1951–02–20	做法不止一种	做法不只一种	表述不同
1951–02–20	鸡蛋一只	鸡蛋一颗	表述不同
1951–02–20	我们家严格地实施管制囤积	在家中严格地实施管制囤积	表述不同
1951–02–25	约克郡布丁简直太棒了	约克夏布丁简直棒透了	表述不同
1951–02–25	抑或是商品可以免税什么的吧	还是商品可以免税什么的吧	表述不同
1951–02–25	粉末干燥蛋吃起来味同嚼蜡	干燥蛋吃起来味同嚼蜡	表述不同
1951–04–04	弗兰克第二天一早就出差去了	弗兰克隔天一早就出差去了	表述不同
1951–04–04	包裹里的肉食实在太棒了	包裹里的肉类制品实在太棒了	表述不同
1951–04–05	而鸡蛋也大受欢迎	而鸡蛋也大获欢迎	表述不同

续表

日期	大陆版	台湾版	备注
1951-09-10	和许许多多我叫不出名字的英国插画家的美丽画作	和许许多多让我这个刘姥姥叫不出名字的英国插画家的美丽画作	台湾版的表述更为风趣幽默，将玛克辛进书店比作刘姥姥进大观园
1951-09-10	但是他们反而都对我们好得不得了	但是他们却反而都对我们好得不得了	表述不同
1951-09-15	"我不是告诉过你……"	成天还听着："我不是告诉过你……"	台湾版的表述更具体
1951-09-15	一只道具烟灰缸里	一只道具烟灰缸	表述不同
1951-10-15	记得他的老婆把他踹下床	记得他的太座把他踹下床	表述不同
1951-12-07	然而我发现新书目前仍在市面上持续发行	然而我发现新书目前在市面上仍持续发行	表述不同
1951-12-07	无	衷心祝福你	台湾版多了一句祝愿
1952-02-09	全是她自己去年夏天趁萨克斯百货店清仓大减价时便宜买到的	全是去年夏天她自己趁沙克斯百货行出大减价时便宜买到的	表述不同
1952-02-09	她们在大斋节都有丝袜可穿	她们都能穿着丝袜过四旬斋	表述不同
1952-02-14	他在本书店工作已有多个年头	他在本书店工作已相当多年	表述不同
1952-02-14	可供您无限期地住宿	可供您无限期的住宿	表述不同
1952-03-03	实在难以置信	真难以置信	表述不同
1952-03-03	依旧带着毛边的书页尤其可人	仍带着毛边的书页尤其可人	表述不同
1952-03-03	拎着鞋溜进他们的书房	拎着鞋溜进他的书房	表述不同

寻访伦敦查令十字街

续表

日期	大陆版	台湾版	备注
1952–03–03	人家好不容易老来得女的	人家好不容易老来得女的说……	台湾版有点撒娇的意味
1952–03–03	不是沃尔顿的原句啦	这不是沃尔顿的原句啦	表述不同
1952–03–03	总嫌它在跟前晃来晃去	嫌它在跟前晃来晃去	表述不同
1952–03–03	如果电视剧续签	如果电视剧换挡	"续签"和"换挡"概念不同
1952–03–03	到时候我会蹬着古董木梯	我准备蹬着古董木梯	表述不同
1952–03–03	顺便也把你们的优雅端庄一并一扫而光	顺便把你们的优雅端庄也一并一扫而光	表述不同
1952–05–11	本打算一收到书就写信给你的	原本应该一收到书就写信给你的	表述不同
1952–08–26	我又要再度代表我们这儿所有人，写信向您道谢了	我又要再度老生常谈——在信里头向您道谢了	大陆版的文字比较通俗，自然
1952–08–26	尽管这是一九三九型的老款车	只不过这是年份1939年的旧车款	表述不同
1952–09–18	弗兰基	法兰克	大陆版用"弗兰基"是爱称
1952–09–18	看来伊丽莎白只在我没来的情况下登基了	看来依莉沙白只好甭再等我了	表述不同
1952–09–18	我呢，今后几年里也只能留在这里看着我的牙齿——加冕了	而我也只能留在这里，独自为我的牙齿加冕了	表述不同
1952–09–18	快，别老坐着，起身帮我找找书	快！起身！动手！找书！寄来！！	台湾版文字节奏感很强，表现海莲直爽的性格

124

续表

日期	大陆版	台湾版	备注
1952–12–17	无论如何	不论如何	表述不同
1953–05–03	埃勒里的电视剧集停播了	艾勒里的电视影集下档了	表述不同
1955–09–02	汝等无赖	你这个死老百姓	表述不同
1955–09–02	一副理直气壮的气派	一副理直气壮	大陆版表述更具体
1956–01–04	那些难懂的段落，我自个去整明白得了	他们搞迷糊的句子，我自个儿动手翻译得了	表述不同
1956–06–01	我的厨房与卧室间的隔间	我的厨房和卧室间的隔间	表述不同
1957–05–03	上头写着他们的姓名和居住的城镇名	上头写着他们的名字和住址	大陆版表述更具体
1958–03–11	不过还真得感谢国民保健制度	不过还真得感谢全民健保	表述不同
1959–03–18	然而我们所期盼的	然而我们所殷殷期盼的	台湾版用"殷殷"二字，感情更强烈
1959–08–15	仁兄，告诉你吧	各位仁兄	大陆版只对弗兰克一人说，台湾版则对所有人说
1959–08–15	我想学古盎格鲁-撒克逊或（和）中世纪英语的念头叫一位要拿它做博士论文的朋友打消了。教授们对她说：关于古盎格鲁-撒克逊，想写什么题目都行	虽然老是央求一位拿过博士学位的朋友教我古盎格鲁撒克逊，但也仅止于口头上说说罢了。这位朋友在写论文的时候，教授们对她说：想写什么题目都行	台湾版用"央"求一词表现海莲强烈的意愿

寻访伦敦查令十字街

续表

日期	大陆版	台湾版	备注
1960	诗全集	合订本	表述不同
1960	这两个老小子浑身上下有哪一点相同	这两个老小子浑身上下有哪一点雷同	表述不同
1960	我的意思是	我是说	表述不同
1960	不妨朗读第十五篇布道词中的那三个标准段落好了	不妨朗读几段多恩的证道词好了	大陆版的表述更具体
1961–02–02	他们付给我两百美元稿费	他们付给我两百稿费	大陆版表述更具体
1961–02–15	我们在店里恰好有	我们店里正好有	表述不同
1968–09–30	会在家里头收藏詹姆斯麦迪逊的制宪会议记录，或是 T 杰弗逊写给 J 亚当斯的书信吧	会把詹姆斯麦迪逊的制宪会议记录，或是 T 杰弗逊写给 J 亚当斯的书信收藏在家里头把	表述不同
1968–10–16	和一位人品不错的小伙子	和一位人品不错的男生	表述不同
1968–10–16	一心想当个福福泰泰的外祖母	一心想当个福福泰泰的祖母	"祖母"和"外祖母"概念不同
1969–01–08	而于七日后不治	而于一周后不治	表述不同
1969–04–11	请代我献上一吻	代我献上一吻	大陆版用"请"字更能表现海莲内心的愧疚之情
1969–10	如果父亲依然健在	如果父亲现在依然健在的话	表述不同
1969–10	一刻也不让自己闲下来	一刻也不教自己闲下来	表述不同

首先，大陆版和台湾版的《查令十字街84号》主要是用词造句以及表述上的不同。台湾版的情感表达强烈，大陆版的表述则偏向于口语化，感情基调也没有太大的起伏。例如1952年9月18日的信件，大陆版译作：快，别老坐着，起身帮我找找书！而台湾版译作：快！起身！动手！找书！寄来！！文字节奏感强烈，表现海莲直爽的性格。再例如1959年弗兰克给海莲写的信件，大陆版译作：然而我们所期盼的，而台湾版译作：然而我们所殷殷期盼的。"殷殷"二字将弗兰克与马克斯与科恩书店店员们对海莲的期盼之情表现得更加强烈。此外，在用词造句上，大陆版和台湾版的《查令十字街84号》也使用了许多不同概念的词语，例如"古书商"（大陆版）和"古书"（台湾版），"续签"（大陆版）和"换挡"（台湾版），"祖母"（大陆版）和"外祖母"（台湾版）等词语的运用，表述的意思完全不同。

其次，大陆版的语言风格偏向于简洁、自然，台湾版的语言风格偏向于轻松、幽默。例如1950年4月10日的信件，海莲在提到弗兰克的时候，大陆版简洁明了地翻译成：我一直想要揭穿他那英国式的矜持，而台湾版则给文字加以润色，翻译成：我就是好捉狭，他越温文儒雅，我偏偏越爱去逗弄他那英国式的矜持。表现海莲撒娇可爱的小女人心思。再例如1951年9月10日的信件，玛克辛去到了马克斯与科恩书店，给海莲写信形容书店

寻访伦敦查令十字街

的样子,大陆版直译:许许多多我叫不出名字的英国插画家的美丽画作。而台湾版则把玛克辛进书店比作刘姥姥进大观园,译作:许许多多让我这个刘姥姥叫不出名字的英国插画家的美丽画作。此外,台湾版还喜欢用"老生常谈""虚张声势"等词语对文字加以润色。

最后,大陆版和台湾版最大的区别在于对海莲的人物形象描写上。在1950年4月7日的信件中,大陆版译作:我坚信您一定是一位年轻、有教养且打扮时髦的人。而台湾版译作:我坚信您一定是一位年轻、有教养且长相聪慧的人。1950年4月10日的信件中,海莲在描述自己的样貌时,大陆版同样使用"时髦"二字,译作:至于我的长相,大概就跟百老汇街上的叫化子一样"时髦"吧!而台湾版也使用"聪慧"二字,译作:至于我的长相,大概就跟百老汇街上的叫化子一样"聪慧"吧!这两封信件的翻译,大陆版和台湾版有比较明显的差异。大陆版使用"时髦"一词,是对海莲进行外貌描写,而台湾版使用"聪慧"一词,是对海莲进行内在描写。而在表现海莲穷困潦倒的生活时,大陆版和台湾版也有较大的差异。在1950年4月10日的信件中,大陆版译作:我成天穿着破了洞的毛衣跟长毛裤,因为住的老公寓白天不供应暖气。这句话提到了海莲穿着简朴,与上文"大概就跟百老汇街上的叫化子一样'时髦'吧"相对应,通过外貌描写表现海莲生活拮据。而台湾版则译作：我住在一栋白蚁丛生，摇摇欲坠，白天不供应暖气的老公寓里。这句话重点描写海莲的居住环境，通过环境描写表现海莲的生活窘迫。

第二部分：镜头语言

一、电影 84 Charing Cross Road

电影 84 Charing Cross Road 改编自海莲·汉芙的同名小说《查令十字街84号》。讲述了纽约女作家海莲和伦敦旧书店的经理弗兰克之间的书缘、情缘。原著《查令十字街84号》是一本书信体小说，在描写人物形象和故事情节上都有很多"空白"，所以要把这本书改编成电影，就需要导演在忠于原著的基础上巧妙地对人物和故事进行"填空"，可见这本书改编难度系数之大。但是导演大卫·休·琼斯做到了，他把这本被全球人深深钟爱的书，完美地呈现在了电影屏幕上。个人认为电影 84 Charing Cross Road 卖座的原因得益于以下几点。

（一）演员出色的表演

电影中的海莲和弗兰克分别由美国女演员安妮·班克罗夫特和英国演员男安东尼·霍普金斯饰演。他们的真情演绎给我们塑

寻访伦敦查令十字街

造了一个热情善良的美国老小姐和一个带着英国口音、有着英国绅士风度的翩翩君子。安妮·班克罗夫特把海莲对书的痴爱以及对弗兰克的精神之爱表演得十分传神。在影片结尾处，安妮·班克罗夫特在表现海莲因失去佛兰克而痛苦万分的心情时，通过一系列细节动作，将海莲的悲伤与无助表现得入木三分。一段抽烟的表演就让我们感受到了海莲的悲痛之情：她用颤抖的双手点燃了一支烟，深吸一口，烟灭了，又再次艰难地将烟点燃，唇瓣颤抖，闭上双眼强忍泪水。

（二）镜头的运用

原著中海莲和弗兰克的故事是慢慢展开，娓娓道来的，所以在电影中，导演运用了许多长镜头，放缓了电影节奏，一点儿一点儿地向我们叙述故事情节。尤其是在表现海莲和弗兰克的生活上，大量的长镜头配上信件内容的旁白使影片看起来更像一部纪录片，既增加了影片的真实感，也更易于渲染影片的情感。如上述提到的海莲抽烟的场景，导演没有切换镜头，让海莲的情感流露更加自然、流畅。此外还有弗兰克在书店里遇到美国小姐的片段。导演运用了长镜头，记录下弗兰克眼神的细微变化。由一开始的深情凝望，到最后转为眼神黯淡，流露出浓浓的失落。长镜头的运用把弗兰克从惊喜到失落的情感表现得细腻感人。

除了长镜头的运用之外，电影还使用了许多主观镜头，化解观众与影片的距离感。如电影中海莲多次深情地望着镜头真情流露："弗兰克，你是唯一了解我的人"，"我来了，弗兰克，我终于来了"。导演运用主观镜头让观众在情感上获得了通感，达到了情感传递的目的。

（三）蒙太奇的运用

在电影 *84 Charing Cross Road* 开头，导演运用了倒叙蒙太奇。弗兰克去世后，海莲来到查令十字街84号这间萧条的小书店，随着海莲的回忆，故事倒退回20年前，缓缓铺开。倒序蒙太奇为影片埋下了伏笔，吸引观众的眼球。在电影接近尾声的时候，导演则运用交叉蒙太奇，将海莲的写信与弗兰克的回信交叉剪辑，形成对话的效果，为观众模拟了一场海莲与弗兰克的"相见"。蒙太奇的运用为电影的叙述增添了许多艺术感，增强了电影的观赏性。

二、电影 *Play for Today* 与电影 *84 Charing Cross Road* 异同

电影 *Play for Today* 与电影 *84 Charing Cross Road* 均改编自海莲·汉芙的小说《查令十字街84号》。电影 *Play for Today* 于1975年在英国广播公司的系列节目《今日剧目》中上映，是最早将《查令十字街84号》搬上银幕的作品。到了1987年，英美双方合作

寻访伦敦查令十字街

再次把《查令十字街 84 号》改编成同名电影搬上银幕。两部影片都运用了大量的书信旁白，都是在忠于原著的基础上对《查令十字街 84 号》的完美呈现。

（一）镜头运用的异同

两部影片都以长镜头为主要拍摄手法，尤其是在表现海莲和弗兰克的生活上，大量的长镜头使影片更具有叙事性和真实性。但是电影 Play for Today 的镜头更偏向于客观记录，镜头或侧面拍摄，或背面拍摄，或大远景，或大全景……避开了主角面部表情的特写。在表现弗兰克去世后海莲悲痛欲绝的心情时，电影 Play for Today 运用全景拍摄海莲站在窗台的背影，表现她的伤心与落寞，而 84 Charing Cross Road 则运用特写拍摄海莲靠在窗边抽烟痛哭的表情，表现她内心的痛苦与煎熬。可见，电影 Play for Today 的镜头更为平淡、自然，影片更具真实性。而电影 84 Charing Cross Road 则通过演员真挚的表演和大量特写镜头的运用打动观众。

（二）表现社会背景的异同

电影 Play for Today 在表现社会背景的时候运用了大量真实的历史素材。例如，战争、英国女王加冕，以及明星演唱会等。在表现海莲与弗兰克的日常生活时，影片是彩色影像，在表现社会背景时，影片是黑白影像。导演通过黑白影像与彩色影像的交叉剪辑交代故事发生的背景，使影片层次分明，简洁明了。而电影 *84 Charing Cross Road* 在表现社会背景的时候往往是一笔带过，如英国女王加冕和美国纽约时代广场欢庆新年的片段，导演都是通过"电视放映"来表现的。

（三）对原著改编的异同

电影 *84 Charing Cross Road* 给了我们一个较为"圆满"的结局。影片结尾，海莲站在查令十字街84号的书店里，对着镜头深情地说道"我来了，弗兰克，我终于来了"。而电影 *Play for Today* 和原著一样，海莲到最后也没有去到查令十字街84号，这让人不免有些遗憾。此外，电影 *84 Charing Cross Road* 还对原著进行了一些改编，如增加了美国小姐来书店买书的片段，增加了弗兰克和诺拉跳舞的片段，删掉了塞西莉教海莲做布丁的片段，等等。改编后的影片主题更加鲜明，情节更加紧凑。而电影 *Play for Today* 更忠于原著，保留了塞西莉教海莲做布丁的内容、博尔顿老太太回信的内容、诺拉买车的内容等。

三、比较电影 *84 Charing Cross Road* 与原著《查令十字街84号》的差异

《查令十字街84号》这本被全球人深深钟爱的书，记录了纽

寻访伦敦查令十字街

约女作家海莲和伦敦旧书店的经理弗兰克之间的书信情缘。并于1987年被翻拍成同名电影上映。

电影是一门视听艺术，所以在还原原著，尤其是在还原原著的心理描写上往往大打折扣，但也得益于电影的视听语言，以及电影中每位演员出色的表演，得以将故事中的人物更加生动形象地呈现在观众面前。所以，不管是电影 *84 Charing Cross Road* 还是原著《查令十字街84号》都有其独特之处。对比二者之间的差异，可以让我们更好地理解原著所要表达的主题思想。

（一）叙述手法的不同

原著《查令十字街84号》是按时间顺序排列，通俗易懂，条理清晰。完整地记录了海莲与朋友，以及海莲与弗兰克感情上的变化。内容从1949年至1969年，跨越了整整20年，故事情节扣人心弦，让人读来一气呵成。电影 *84 Charing Cross Road* 则运用了倒叙蒙太奇，影片开头就描写海莲来到查令十字街84号的场景。在影片结尾时，镜头也再次回到查令十字街84号，与影片开头首尾呼应。

（二）人物塑造的不同

1. 海莲的孤独

原著《查令十字街84号》中，海莲是一个心地善良，活力十足，性情率真，又带着点小女生情结的人。她要求弗兰克称呼她为小姐，还会时不时对弗兰克提些小要求。而电影 84 Charing Cross Road 中，导演则给海莲的人物形象增添了些许孤独感。例如海莲买情诗的片段，原著只是简单描写春天来了，海莲让弗兰克给她寻一本情诗。电影则增加了海莲思念亡夫的片段：海莲坐在窗边一边抽烟，一边注视着楼下一对热吻的情侣，她想起自己已逝的丈夫，转头望向丈夫的遗照，对弗兰克说她想要一本能装进口袋的情诗。这一片段的描写，表现了海莲孤独、寂寞的心理，将海莲的人物形象表现得更加丰满、真实。

2. 弗兰克的风趣

原著中的弗兰克是一个典型的英国绅士。温文儒雅，做事严谨。电影 84 Charing Cross Road 在弗兰克的形象塑造上则做了一些改编。弗兰克不再是一个木讷无趣的人。他会在圣诞节和家人一起布置房间，差点摔倒却又假装镇定的样子把家人都逗笑了。他还会陪诺拉跳欢快的爱尔兰舞，会坐在公园的长椅上看着从他面前走过的时髦美女。当女儿问他"海边为何总是下雨？"他做了一个鬼脸，开玩笑说"好让饭店的房价下降"。说完便张口大笑。导演通过一系列细节描写，展现了弗兰克风趣幽默的一面，使弗兰克的人物形象更加鲜明、立体。

3. 小角色的塑造

原著《查令十字街84号》除了塑造海莲与弗兰克的人物形象之外，还塑造了塞西莉、诺拉、博尔顿老太太等小人物的性格特征。也正是因为有了这些小人物的加入，使得原著里的故事内容更加丰富，人物形象更加鲜明。而电影 *84 Charing Cross Road* 为了更好地突出主题，对原著一些无关紧要的人物形象描写进行了删改。如删掉了海莲与博尔顿老太太来往的内容等。而在塑造比尔姑婆这一人物上，电影则出彩许多：当比尔第一次将海莲寄来的肉带给姑婆时，姑婆一脸不屑地说"我不喜欢从美国大老远送来的东西"，然而当她看到盘子里的肉时，她的目光便久久地停留在盘子上，接着将鼻子靠近盘子使劲一闻，高兴地咧开了嘴，调皮地对比尔眨了下眼睛说："好丰盛！"导演在这一段小故事中刻画了一个顽固却又可爱的老太太形象。

（三）情感表达的不同

原著《查令十字街84号》表现的更多的是一种隐忍克制的感情。关于弗兰克和海莲之间，似乎更多的是停留在知己的层面上。虽然两人的信中从未提过一个"爱"字，但是我们依旧能从字里行间看出一些暗生的情愫。如塞西莉说弗兰克一直将回信给海莲视为自己的责任。诺拉说弗兰克生前十分爱读海莲的来信，而弗

《查令十字街84号》的文字语言与镜头语言

兰克也从未停止过对海莲的邀约：

1952年2月14日

当您确定访问英国时，橡原巷37号将会有一个房间，可供您无限期地生活。

1956年3月16日

我们仍翘首期盼您今夏能来。

1957年5月3日

今年的美国游客似乎较以往更多了，所以明年您一定也要来一趟。

1959年3月18日

然而我们所期盼的"那位美国游客"却仍独独教我们望穿秋水。

1961年2月15日

我们大家都很好，依然盼望您能到英国一游。

与原著不同，电影 84 Charing Cross Road 围绕着"海莲对书的激情之爱和对弗兰克的精神之爱"这一主题展开，所以电影中为弗兰克增添了几次真情流露。第一次是弗兰克在得知海莲不能来伦敦之后，独自一人黯然伤神；第二次是弗兰克在书店遇到了一位美国小姐，她的穿着打扮和言行举止让弗兰克几乎将她误认为海莲。弗兰克深深地凝望着她，却在得知她不是海莲的下一秒

寻访伦敦查令十字街

流露出浓浓的失落。第三次则是弗兰克站在大街上,看着电视里播放的美国人在时代广场庆祝新年的片段,他的眼里饱含深情,默默地关注海莲所在的城市。

(四)结尾的不同

原著《查令十字街84号》结尾留下的更多是遗憾。20年过去了,塞西莉和梅甘都断了音讯,马克斯、弗兰克相继离世。在通信的20年里,大家都在不断地邀请海莲到英国来游玩,然而直到弗兰克去世,海莲也没能到"她的书店"去看一看。也正是因为这一遗憾,才让读者有了意犹未尽的感觉。电影 *84 Charing Cross Road* 则弥补了观众的遗憾。在电影接近尾声的时候,导演运用交叉蒙太奇,将海莲与弗兰克的书信内容交叉剪辑,形成对话的效果。同时运用主观镜头,为观众模拟了一场海莲与弗兰克的"相见"。电影最后一幕,海莲站在查令十字街84号的书店里,对着镜头深情地说道"我来了,弗兰克,我终于来了"。原著《查令十字街84号》中,海莲到最后也没去查令十字街84号,她遗憾地说道:"你们若恰好路经查令十字街84号,请带我献上一吻,我亏欠她良多……"

海莲与弗兰克之间有遗憾,有错过,却也更深刻,更长久。犹如一曲流水,戛然弦断,成为绝唱,却也恰到好处。

坐标系下的查令十字街 84 号

翟　欢[*]

"在平面内画两条互相垂直，并且有公共原点的数轴。其中横轴为 X 轴，纵轴为 Y 轴。这样我们就说在平面上建立了平面直角坐标系，简称直角坐标系。还分为第一象限，第二象限，第三象限，第四象限。从右上角开始数起，逆时针方向算起。"这是从数学理论角度对直角坐标系的解读，提出者是法国著名数学家笛卡尔。直角坐标系的提出为三角函数、解析几何提供了解读。今天，我将用直角坐标系从文学的角度对《查令十字街 84 号》进行全新解读。

《查令十字街 84 号》是一本书信集，由一篇篇短小的信件组成，是对信件的实录。书中主要记录了，住在美国的穷困潦倒却酷爱读书的编剧海莲·汉芙因为一则登在报纸上的书店广告，而寄信给遥远的位于英国查令十字街 84 号的马克斯与科恩书店的经

---

[*] 翟欢：北京人。北京印刷学院新闻传播学专业硕士。现就职于应急管理部消防产品合格评定中心。

寻访伦敦查令十字街

理弗兰克，并由此产生的一系列的往来事件。在通读全书后，我觉得虽然信十分的短小且有部分的不连贯，但是整本书的逻辑思维是十分清晰的，我在书中读出了两个方向，即纵轴（Y轴），横轴（X轴），纵轴是以时间角度来划分的，而横轴则是以空间角度划分的。整本书都讲述了海莲向弗兰克买书的往来，那么他们的交点就很清晰了，那便是"书"。书是他们之间故事开始的原点，也是他们故事持续的燃料。所以，在《查令十字街84号》的直角坐标系中，书自然而然担当起了公共原点。

在书信中，海莲不止一次提到她热衷于旧书，一本旧书究竟有什么魅力呢，"我喜欢扉页上有题签、页边写满注记的旧书；我爱极了那种与心有灵犀的前人冥冥共读，时而戚戚于胸、时而被耳提面命的感觉。"这是海莲在书中的解答，她提到了注记、题签，一本新书被前任读者加上了这些，对于海莲来说是一种跨越时空的交流。

我们将时间来作为纵轴，一本书从印刷出版到发行于市，被书的主人购买阅读，再被转卖出清，接下来购买的人所拿到的便是旧书。在坐标系中，一本书经历了时间的线式变化，虽然几任读者并未在同一时刻读到此书，也并未见到彼此，但是他们却跨越了这时间的长河，仿佛几任读者因书而有了交流，甚至了解彼此。

"他非常高兴能来到敝宝地，他的前主人是个大草包，连书页都懒得裁开。"也许你像海莲一样，拿到旧书时发现书页还未裁开，你一定会认为他的前主人是个懒惰的读者。"真感谢你寄来的《五人传》。实在难以置信，这本一八四零年出版的书，经过了一百多年，竟然还能保持这么完好的书况！质地柔细、依旧带着毛边的书页尤其可人。我真为前任书主（扉页上还留着'威廉·T.戈登'的签名）感到悲哀，真是子孙不肖哟！竟然把这么宝贵的东西一股脑儿全卖给你们。哼！我真想趁他们被称斤论两前，拎着鞋溜进他们的书房，先下手搜刮一番！"也许这本书的主人威廉是个一百多年前的人，与你有着巨大的年龄代沟，但是你却"不分长幼"地为他而悲哀。"我着实喜欢被前人翻读过无数回的旧书。上次《哈兹里特散文选》寄达时，一翻开就看到扉页上写着'我厌恶读新书'，我不禁对这位未曾谋面的前任书主肃然高呼：'同志！'"也许你会和海莲一样因为前任主人的一个注记而感叹你们的默契，虽然并未同处于一个年代，但却因为书而使你们有了似乎面对面的交流。

　　"不过我知道，它（《爱书人文选》）的确曾被频繁地悉心翻阅过：因为一打开书页，总会落在某几个特定段落，冥冥之中似有前任书主的幽灵引导我，领我来到我未曾徜徉的优美辞藻。"这是海莲关于旧书的描述，旧书的魅力就在于打破时间的界限，从书

寻访伦敦查令十字街

中找到志同道合之友，从前主人到海莲也许跨越了许多年，但是当海莲打开旧书，她就仿佛与前任书的主人进行了对话。正如《岛上书店》中写着"没有谁是一座孤岛，每本书都是一个世界"。一本旧书，一个世界，却承载了不同年份的人在里面遨游，无论他们进入这个世界是早或是晚，最终他们都能够遇到彼此。

也许你所拿到的旧书里有题签、注记，也可能有一片枫叶或是一滴泪痕，虽然这本书不再崭新，但却为其填上了新的故事。而你的故事可能被下一个书的主人代入，从而使原有的书的内涵更加丰富了几分。美国的马歇尔·布鲁克斯说过一句有趣的话：在图书馆中阅读一本卷角的书，有时就像睡在别人未经整理的床上。在这个床上，我们可以看到这个人是邋遢或是严谨，甚至我们能看到他的性格。在一本旧书里我们能够遇见一个完全陌生的人，我们可能成为灵魂好友，也可能是彼此嫌弃。在坐标系的纵轴中，一本书带领读者穿越了时间长河，遇见了无法相见却又十分熟悉的人。

在坐标系中还有一个轴，那便是横轴，也就是以空间为方向进行划分的。在整本书中，海莲与弗兰克及马克斯与科恩书店的员工们进行的交流是跨越空间的交流。海莲位于美国纽约市，而弗兰克位于英国查令十字街84号，两人的交流跨越千里，而正是这一本本的书打破了地域上的限制，使他们仿佛在彼此的身边。通过书籍的买卖交流,弗兰克了解到海莲是个爱书成狂的人,也让他对海莲的书品越发了解。海莲对书本的包装及纸张的材料要求极高,"我捧着它,生怕污损它那细致的皮装封面和米黄色的厚实内页。我看惯了那些用惨白纸张和硬纸板大量印制的美国书,我简直不晓得一本书竟也能这么迷人,光抚摸着就教人打心里头舒服。"海莲对书籍的翻译要求极高,"好心替我转告英国圣公会诸公,他们平白糟蹋了有史以来最优美的文章。"就算是节假日,海莲也要读书,甚至对书有着十分迫切的需要,"弗兰克!你在干吗?我啥也没收到!利·亨特呢?《牛津英语诗选》呢?通俗拉丁文《圣经》和书呆子约翰·亨利的书呢?我好整以暇,等着这些书来陪我过大斋节,结果你连个影儿也没寄来!"而弗兰克呢,从一开始还要小心翼翼地询问海莲对他所挑选书的态度,到后来直接为海莲发去自己认为好的书籍,他们因为书而了解彼此。书除了是他们之间交易的物品,也成了他们彼此问候的礼物。一个在美国一个在英国,因为海莲一如既往的慷慨,弗兰克及店员们想要回馈给她一些什么,以表达感恩,弗兰克选择了《伊丽莎白时期情诗选》来献上祝福表达感谢,而收到这本书的当天正是海莲的生日,这美丽的巧合却成了海莲心中最珍贵的礼物。他们虽然相隔千里,却因为这本书而拉近了距离,这本书在海莲心中仿佛生日蛋糕一般得当。"哎,这下子你该明白了吧,弗兰基,这个世界上了解我的人

寻访伦敦查令十字街

只剩你一个了。"海莲对她的编辑讲起兰多,而她的编辑却十分不耐烦地插话,这句话也是由此得来,是海莲的肺腑之言。一个是面面相对的编辑,一个是远隔千里从未相见的弗兰克,海莲却认为弗兰克是最了解自己的人。书让他们之间的距离不再是问题,他们即使远隔千里却仍可以对彼此了如指掌,默契十足。

《查令十字街84号》在坐标系中,有了更加理性的逻辑,无关儿女情长,无关风花雪月,时间与空间在现在看来成了人与人维持感情、进行交流最大的阻碍,我们无法与一个存在于百年前的人面对面地交流,但是在书里是可以的。相隔千里却仿佛近在眼前。书好似一个时光穿梭机,带我们与不同的人见面交谈,也好似一个任意门,带我们与世界各地的陌生人进行交流。每个人都存在于坐标系中,或许象限不同,空间时间的横纵轴或高或低,但书是不会变的,它会带你去到你想去的任何地方,遇见不同的人,进入不同的世界,而你也将不再孤单,就如海莲同弗兰克,同书的前任主人一样,因为书而成为朋友。

机缘·爱情·刚刚好

潘俊辰 *

早前在公众号上有读过《查令十字街84号》这本书背后的故事，当时就被作者详细明了的介绍所吸引，想亲自捧起这本书看看，如今看完了这本书，百般情绪交织在心头。

看完这本书我想到的第一个词是"机缘"。1949年10月5日作者海莲·汉芙无意在《星期六文学评论》上看到了马克斯与科恩书店刊载的广告，尽管此广告的版面很小，但是作者被其"古书商""专营绝版书"的广告语所吸引，为了找到她心仪的书，抱着试一试的态度给书店寄了信。没想到，20天后作者就收到了书店的回信。这段奇妙的感情就此开始了。

从1949年10月5日到1968年10月16日，这段书信往来持续了20年，从作者的文字来看，她应该是一个幽默并且性格热烈的人，而书店里主要"通讯员"弗兰克·德尔先生有着英国人身上普遍拥有的骄矜性格和绅士风度。两个性格相差如此之大的人，

---

* 潘俊辰：山东平度人。北京印刷学院出版硕士。现在北京工作。

寻访伦敦查令十字街

却能在书信往来之间建立起深厚的情谊,原因是两个人的灵魂有相交的点——都是爱书之人。汉芙厌倦用惨白纸张和硬纸板大量印制的美国书,对英国寄来的书,用手心捧着生怕弄污它细致的皮装封面和米黄色的内页。汉芙对自己的介绍是"对书籍有着'古老'胃口的穷作家罢了",虽然经常为找下一份工作而发愁,但是她仍然坚持为自己心仪的书买单。而书店经理弗兰克,作为这家书店的经理,把书店打理得井井有条(从汉芙朋友玛克辛的信中可以看出),并且经常离开伦敦出差,有时候到乡间跑一大圈,到处拜访私人宅邸,搜寻待售的藏书,努力补充捉襟见肘的库存,把每本好书送到它的主人手中。所以,知音难觅,而两个如此爱书的人,能通过漂洋过海的书信相识,彼此珍惜,这应该就是传说中的"缘分"吧!

我想到的第二个词是"爱情"?不,不是吧,但是绝对大过友情。20年的书信往来,弗兰克的落款从"马克斯与科恩书店弗兰克·德尔 敬上"到"弗兰克·德尔 敬上"再到最后只署名"弗兰克",很明显是从只是买书人和卖书人到更加亲密的关系。而汉芙对弗兰克的称呼,也用了"亲爱的急惊风""大懒虫""仁兄"等词,凸显了两人之间亲密的关系。书信内容也从只谈论书籍到个人的生活,他们谈论过弗兰克的祖先,聊过汉芙的剧本,调侃弗兰克是要饰演其笔下的行凶歹徒还是刀下亡魂,分享过生活的小点滴，譬如，弗兰克进阶有车一族，支持过彼此喜欢的球队，彼此相互关心，赠送物品。弗兰克曾多次邀请汉芙到伦敦游玩，为其准备好舒适温暖的住处，汉芙也几次允诺下一次有了稿费便会前往，但是最终弗兰克也没有等到这位令他望穿秋水的"美国旅客"。我曾深深地怀疑，汉芙是真的因为没有机会脱身，还是不想打破这种关系，所以才没去履约。在弗兰克给汉芙的最后一封信里面，弗兰克落款，一改往常的严肃骄矜，写了"想念你"，难掩对汉芙的思念。似乎一切都是有预兆的，汉芙与弗兰克的书信往来戛然停止在这三个字上。而后其他人也有给汉芙寄信，但是心灵相通的人不在了，这段书信往来也没办法继续。后来，在诺拉的来信中，她也向汉芙表明了因为弗兰克非常喜欢读她的来信而心存嫉妒。我记得很久以前曾看到过一句话，不要经常和同一个人聊天，尤其这个人是异性，因为真的会产生化学反应。所以，在我看来汉芙和弗兰克维持了二十年的书信往来，他们之间的情感一定是非常微妙的，可能是爱情以另一种方式展现铺陈，也可能被翻译成另一种词语，可能是机缘，可能是责任，可能是尊重，也可能是怀恋。

第三个词是"刚刚好"。在那个"二战"刚刚结束的时代，在那个交通还不便利的时代，在那个通信技术还不发达的时代，人们只有通过书信来维持关系，传达情感。汉芙和弗兰克的书信漂

寻访伦敦查令十字街

洋过海来到彼此手中,似乎使书信的内容更加重要,情感更加浓郁,就像海莲·汉芙自己说的,"我一直相信:把手写的信件装入信封,填了地址、贴上邮票,旷日费时投递的书信具有无可磨灭的魔力——对寄件人,收件人双方皆然"。汉芙通过书信结识了书店的一票好友,店员塞西莉、编目员比尔、老太太玛丽、诺拉、梅甘,他们通过书信建立起友谊,分享彼此生活中的事,互赠礼品,汉芙自从得知他们的生存状况后,逢年过节就给书店邮寄物资,鸡蛋、干燥蛋、火腿、罐头、肉以及女孩的丝袜,这对于整天穿着破洞睡裤,住在白天不供暖气的公寓,一辈子都在和摇摇晃晃的桌椅以及到处爬满蟑螂为伍的汉芙来说不是一笔小的支出。看来汉芙对朋友和书永远都是慷慨的。这种友谊刚刚好产生在书信来往的朴素的时代,若在这个互联网遍及全世界的年代,从纽约到伦敦只需要七个小时的现在,以上的这些故事可能就不会如此进行,如此发展。所以这种情感的产生只属于那个年代。通过书信来往,能够真真切切地感受到的是,纸的手感、纸的味道,以及字迹,见字如面,大洋彼岸的人拿到信,肯定会猜想对方的样子、性格、喜好,增加了对彼此的好奇心,这些都是因为书信才会带来这种奇妙的感觉。所以,这些人,这些事刚刚好存在于那个年代,才拥有了接下来的故事,才造就了这部举世闻名的著作,一切都是刚刚好。

这本书让我想起了木心在《从前慢》中的一句话，从前的日色变得慢。车，马，邮件都慢。一生只够爱一个人。汉芙和弗兰克因书结缘，虽素未谋面，但是这些书信永远值得怀念，因为这本书，也会产生更多的爱书人。

见与不见，书店都在那里

李 斌[*]

2012年，偶然在亚马逊网上书店淘书，发现了这本被称为"爱书人圣经"的书信集。当时的我还在念初中，从来没有听说过海莲·汉芙，更不知海峡对岸有一个诚品书店，一位店员在未受出版方邀作译者之前就凭着热爱，动手将来往于查令十字街84号和纽约的信件翻译了出来。那时候，《北京遇上西雅图之不二情书》还未上映，自然登不上图书畅销榜，再加上内容平淡，所以知道的人少之又少。畅销书总是占据着榜单，小众书被人发现则需要靠运气和缘分。不过，很幸运的是，我能与它相遇。

相遇是缘，真正缘分的开启则始于沽叶新老师的光与钟芳玲女士见面。年少浮躁，又怎么能安心读完这两个平淡无奇的人20年来互相来往的书信？读完并不需要多少时间，但是读的过程中的情感体会是最难的。因为钟芳玲女士的一句："有的时候需要

---

[*] 李斌：山东潍坊人。北京印刷学院编辑出版学专业（韬奋班）本科毕业。现供职于《中国标准化》杂志社。

逼迫自己阅读一开始并不喜爱的书，因为中途的放弃可能会让你错过一本受益终生的好书。"我重新拿起这本曾经被草草翻过的小书，静下心来细细体会。越发感激幸运女神降临，我没有与它错过。

上帝巧妙地安排马克斯与科恩书店的广告出现在海莲所见的报纸上，于是跨越万里，从伦敦中西二区到美国纽约的一处简陋小居所，一场书缘与情缘的际会由此拉开帷幕。

一个是美国开朗随性的老小姐，一个是英国内敛含蓄的绅士，两种截然不同的处事风格跃然纸上，充满趣味。海莲性情率真又大方慷慨，在得知英国物资紧缺后，尽管手头拮据，还是毫不犹豫地出钱为书店店员购买食品，节日的时候还特意送给女店员还有弗兰克的妻子和女儿丝袜。性情率真的她又是那么爱打趣，简牍之上，文字仿佛变成充满笑意的话语环绕耳边，相信深沉内敛的弗兰克在读到她的来信的时候必定也嘴角上扬，暗暗赞叹这位远隔重洋的知己。弗兰克则是个地道的正人君子，始终客客气气，从不说什么引起误解的话，也不对海莲的玩笑话做任何回应，但是做到了他能做的最大报答：尽力为海莲寻觅好书。

书中间缺少了许多年份的通信，不禁引发我的想象：缺少的这些年的信件里海莲会对弗兰克说什么？善良热情的海莲依然保

寻访伦敦查令十字街

持和店员通信，赠送礼物吗？梅甘·韦尔斯和塞西莉有没有给她写过信？尽管知道她一向生活拮据，却依然幻想她在那些年里的生活有没有好一点儿，我还担心就在她凑够路费准备出发的时候牙痛又来找麻烦……

意犹未尽之时，发现弗兰克开始不止一次地说到"我们依然健在，手脚还勉强灵光"之类的话，心中突然有种不祥的预感，向来理性严谨的弗兰克不会随随便便以悲观的语调写信，结局不出所料。猛然发现书信已至尾声，有谁忍心看到奇妙的书缘持续20年，最终伴随弗兰克的去世戛然而止……

海莲曾多次表达她对英国那片土地的渴望，对那间"活脱从狄更斯书里头蹦出来的可爱铺子"（友人笔下描述的马克斯与科恩书店）魂牵梦萦，甚至只为了瞧伦敦的街景而看许多英国电影。海莲在最后写给在英国旅游的友人的信中说："很多年前一个朋友曾经说：人们到了英国，总能瞧见他们想看的。我说我要去追寻英国文学，他告诉我：'就在那儿！'也许是吧，就算那儿没有，环顾我的四周……我很笃定，它们已在此驻足。"未能亲自去英国是一份遗憾，但是幸运的是获得一个知己与一群热情的朋友，他们丰富了她的人生，充实了她对英国文学的梦，那些书籍与书信的意义就在于此。尽管最终海莲实现了去英国的梦想，但是那份激情也已消磨了大半，更多的则是追忆与哀思。但是我也不禁感叹文字的力量，能让书信间传达的情愫远比见一面的执念珍贵得多。

如今，世间再无查令十字街84号，可是那里依旧是爱书人的朝圣地，海莲与弗兰克的知己情谊被口口相传。信任、忠诚、尊重、默契，作为知己的惺惺相惜，素未谋面的陌生人可以通过书信成为知己，并保持联系长达20年之久。难得的信任与相知相识使我想起伯牙与子期，"伯牙所念，钟子期必得之"。有心人会发现，一本利·亨特的书找了两年之久，率真幽默的海莲刁难弗兰克要求一本"款款深情而不是口沫横飞"的情诗集，时隔一年，弗兰克最终找到了一本令海莲颇为喜爱的《伊丽莎白时期情诗选》寄给她。

多情的浪漫主义者愿意相信海莲和弗兰克之间是有爱情成分存在的，尽管20年里，两人的信件中从未出现过"爱"这个字眼，但是情感细腻、想象力丰富的读者总想读出一种"云中谁寄锦书来"的期待。最开始等待的只是几本想要的旧书，后来等待的是一封熟悉的信、一份情。

浅薄如我，不敢妄下定论，当事人已不在，留下轶事供世人揣摩回味，可是所有人的想法如今看来都只能是揣摩，藏在彼此心底的爱情也罢，因书结缘的纯洁友谊也罢，"一千个人眼中有一千个哈姆雷特"，又何必强迫他人追随你的想法，文学向来都是

寻访伦敦查令十字街

每个人与自己心灵的对话，何须介怀。

社会不乏喜欢怀旧的人，只是快餐式生活的今天，有多少人能做到像海莲那样单纯地为英国旧文学痴情，快节奏的生活让一切都变得不再有那么沉重的含义，甚至已经没有多少人能配得上痴情二字。是否还有人能专注地沉迷于一个人、一件事？是否还有人愿意"板凳甘坐十年冷"？

我愿用书中海莲多次强调的话做一终结：若你恰好路经查令十字街84号，请代我献上一吻，我亏欠她良多……

符号学视野下的书店功能探析

叶 新

近年来，随着当当、卓越亚马逊、京东等大型电商对图书零售市场的介入，实体书店的生存环境越来越差。风入松书店、单向街图书馆等许多著名书店要么倒闭，要么搬迁，苟延残喘，导致城市文化生态的不断恶化，加速了大众出版业的变革。不少有识之士疾呼实体书店存在的必要性和可行性。与此同时，仍然有新的实体书店出现，又让大家看到了些许希望。和实体书店关联最紧密的应该是同样悲催的纸质书。我们不禁要问：读者会坐视实体书店和纸质书的消亡吗？我们习以为常的这种文化生存方式将会离我们而去吗？

本文欲借助索绪尔、罗兰·巴特等语言学大师的符号学相关理论，主要以北京为例，深层次分析和解构书店的功能定位，建构性地提出新型书店功能的核心理念。

寻访伦敦查令十字街

实体书店的倒闭风潮概述

如果大家看过美国电影《网络情缘》（*You've got a e-mail*，又名"电子情书"），就知道这是一个有关书店的故事。它的行业背景就是由于资金雄厚的连锁书店的兴起，而使大量本小利薄的独立书店纷纷倒闭。而今，同样的事情发生在了连锁书店的身上，这一回，它受到了网络书店的挤压和冲击。在来势汹汹的亚马逊书店面前，往日的独立书店杀手——鲍得斯书店轰然倒下，而另一大鳄巴诺书店也在艰难地适应新的行业环境中。

在我国，长期以来，新华书店是主渠道（国有独资），他们背靠国家，建立了城市大书城和省内连锁相结合的出版物销售系统，而民营书店（类似于西方的独立书店）则通过延伸产业链的方式，以经营大众、教辅出版发行为主业，获得了属于自己的生存空间。但是近年来，在以当当、卓越亚马逊、京东为主的大型电商的大肆挤压下，无论是国有书店，还是民营书店，都感受到了前所未有的压力。风入松、光合作用等特色书店的倒闭成了实体书店倒闭风潮中最悲催的一幕。

这一切都让人感到行业竞争的残酷。在往日，连锁书店挤压独立书店，是实体书店之间的竞争；在今朝，网络书店挤压实体书店（包括连锁书店和独立书店），是书店之间的竞争。在纯粹的图书销售功能上，前者（连锁书店、网络书店）摧毁后者（独立书店、实体书店）都是用的同一武器——折扣和便利。正如万圣书园老板所说的那样："那人家为什么到你这儿来买？你是比别人便宜啊，还是比别人近便？"

另一方面，独立书店在连锁书店的挤压下没有"全部阵亡"，仍然顽强地生存，也给今日的实体书店带来新的希望。如果能适应新的竞争环境，发挥实体书店的文化功能，注重书店的品牌设计和形象传播，推出新型的实体书店，与网络书店各得其所、有所侧重。结果肯定会丰富大都市的文化生态，加强读者的购书、阅读体验。

因此从这个意义上说，有必要借助引入索绪尔、罗兰·巴特等语言学大师的相关理论，深层次分析书店，特别是实体书店在大众文化和传播媒介中的功能定位，并把这种核心的文化内涵表征化、外部化，让政府部门、房地产商、投资者、读者自觉接受这种新型实体书店的核心理念，并内化到他们的需求当中去。用朦胧诗一样的话语来说，就是书店还是原来的那个书店，书店又不是原来的那个书店了。

符号学相关理论简述

瑞典人索绪尔是当之无愧的符号学鼻祖，他认为语言符号是

寻访伦敦查令十字街

能指和所指两部分的联合。能指是由"有声形象"构成的;所指即含义,是关于一个事物的思想。符号就是概念和音像的结合。索绪尔虽然定义了符号,阐释了符号的来源、结构和功能,但他有关能指和所指的分析仅限于语言范围内。在此基础上,法国符号学家罗兰·巴特进一步把符号学研究转化为研究传播的大众文化方式。这是他对符号学研究的最大贡献。而其中,最具现实意义的就是他的神话理论了。

罗兰·巴特认为,神话是一种二级符号学系统,它所依靠的是以语言系统为基础的第一系统。第一系统中的能指与所指构成了符号,而符号在第二个系统中则成了新的能指,与新的所指构成了神话。借助这个理论,他试图揭示各不相干的事物背后那些同样不自然的本质和相同的意识形态核心,其本来意义是对法国传统资产阶级的意识形态进行批判,就是"去神话化"。

如果按罗兰·巴特的说法,神话是一种传播系统,是一种讯息。那么,从方法论意义上说,我们如果知道一个事物或者说文本是如何被"神话"的,那么我们也可以有意识地利用相关理论去多层界定或者"神话"某个事物,通过人为的方式使之"自然化",或者说让读者觉得是自然而然的,并主动参与其中,也就是主动参与该事物的"神话"过程,以增强该事物的传播力和影响力。

从符号学看书店的形象建构和功能定位

如果大家看过《诺丁山》这部电影,就会发现英国演员休·格兰特在其中扮演了一个不怎么得志的旅游书店的老板。一想到书店主,人们的脑海中就浮现出这样的字眼:有理想、有文化、文艺青年、贫穷等。

梁文道在《我读》中曾经这样说:"每当看到这样的书店,这样的店员,就觉得应该向所有明智的女士们提出一个谦卑而且大胆的建议:与其选择一个富翁,不如选择这样一个书店的店员。或许不是很有钱,但是你想象一下,在那样的环境下,他们会点一根烟,有一个水壶的水正在烧着,准备煮咖啡,你会看到他正在优雅地跟客人谈论着最近进了哪一本狄更斯的绝版好书。"

最后,果真茱莉亚·罗伯茨饰演的女主角就嫁给了书店老板,成就了一段美满姻缘。但是据传,那个作为《诺丁山》电影背景的真实书店已倒闭了。书店的出现和倒闭是再自然不过的事情,经营不下去了嘛!和一个服装店或者饮食店或便利店的倒闭是一样的。那为什么现在的实体书店倒闭风潮这么牵动大家的心呢?实际上,它拨动了人们隐藏的那根心弦:这是否预示着文化的衰亡。书店和文化是紧密相连的,书店不仅是一个经济实体,也是一个文化事物。再远一点儿说,就是知识分子的公共空间。全国政协

寻访伦敦查令十字街

委员、香港联合出版（集团）有限公司副董事长兼总裁陈万雄感到很痛心，"这是实体书店之殇，更是文化建设之痛。"

下面我们试图用符号（神话）理论来分析书店的定义分层。

一、何谓书店（能指）

（一）所指1：专门卖书的商店

查《现代汉语词典》，只有"书店"一词，没有释义。查英国出版的《出版印刷词典》（*Dictionary of Publishing and Printing*）的"Bookshop"一词，意思是：a shop that specializes in selling books，专门卖书的商店。

（二）所指2：兼指出版社

《辞海》对"书店"一词的解释是出售书籍的商店，有时兼指出版社。比如我国的开明书店、生活·读书·新知三联书店，法国巴黎曾经存在的莎士比亚书店、美国旧金山的城市之光书店。与之相关的概念如下：

（1）书局：中华书局、世界书局等。

（2）书屋：兰登书屋等。

这些书店（书屋、书局）既有出书的功能，也有售书的店面和网络，也就是所谓的"前店后厂"。

二、书店的符号学解读（新的能指和所指）

书店有各种各样的分类：

（1）新华书店（书城）、民营书店；

（2）综合书店、专业书店（比如美术书店、考古书店等）；

（3）连锁书店、独立书店；

（4）一手书店、古旧书店；

（5）实体书店、网上书店（三大电商：当当、卓越亚马逊、京东）。

在这样的分类中，我们可能更多地偏向于相对弱势的后者：民营书店、专业书店、独立书店、古旧书店、实体书店等，不是"大而全"，而是"小特精"。比如有的偏于经营二手书和古旧书，有的偏于经营文艺类、社科类新书，有的偏于经营某类专业书，如美术书、旅游书等。这些书店往往体现了书店经营者的某种经营偏好、文化理想，一般基于自有产权，不纳入官方的图书销售体系。

万圣书园就是一个典型的例子。万圣书园主营人文社科、哲学、法律等思想性专业书籍，伴生出一个为人文专业读者选书的强大功能，深受广大读者的喜爱。刘苏里说，经过多年的经营，"（万圣）这个系统变得像城堡一样，把这一件事和这里的人，庇护在这个空间里头。然后有一个更大的外围，在庇护这个堡垒。"

基于这样的功能定位，我们朦胧地觉得书店代表的是浪漫、

寻访伦敦查令十字街

文化、知识、创造、自由等理念，是我们的文化场所，是我们的精神家园，是我们的知识殿堂……在这里，我们"诗意地栖居"，我们把买书的喜悦、阅读的快感、对知识的敬畏、对书店的好感自觉不自觉地升华了。这就引出了书店的第二层意思（神话）。

王晋认为："书店不仅仅是个单纯卖书的地方，还具有阅读导向、信息收集、塑造城市形象、形成文化氛围等功能，书店的多少关乎国民素质，关乎城市的品位和形象。"

诚然，当今卖书成了实体书店的可替代功能，"越来越多的人来书店只看不买，或是记下书名或是拍过照片，回家再从网络书店上下单购买，实体书店几乎成了网店的免费体验区。"其经济功能只能让位于电商。而文化则是书店的不可替代功能，这一块是虚拟的电商夺不走的。书店不仅是文化场所、知识殿堂，在某种意义上讲，它还是知识分子的公共空间。

（一）文化场所（新的所指1）

如同博物馆、文化馆、公共图书馆一样，书店也是一个文化符号，是一个城市的文化指标。无论是举办文化活动，带动售书功能，还是售书之外兼营文化活动，书店毫无疑问是一个文化场所，也是一个知识殿堂。无论是城市文化规划，还是文化地产经营，都自然而然地把书店的数量和质量设计纳入其中。

1. 城市文化规划

从城市建设来讲，与世界上任何一个大都市相比，北京都毫不逊色。但是，从文化功能建设来讲，北京还缺少应有的积淀。

从下表可以看出，与伦敦、纽约、东京、巴黎相比，北京无论是实体书店数量，还是每万人拥有书店数、每平方公里拥有书店数都是最低的。比如在每平方公里拥有书店数这个指标上，北京是 0.11，纽约为 9.30，是北京的 84 倍多。进入 21 世纪以来，文化建设并没有因为经济的腾飞而获得大发展大繁荣，存在一定的滞后性。再联想到实体书店的倒闭风潮，实际北京的书店数量是在下降的，这就更加令人揪心。

5 大城市拥有书店统计

	实体书店数量	每万人拥有书店数	每平方公里拥有书店数
伦敦	2904	3.87	1.08
纽约	7298	8.88	9.30
东京	4715	3.75	2.16
巴黎	6662	5.84	0.55
北京	1800	1.06	0.11

世界上很多城市都把书店作为自己的文化名片。比如旧金山的城市之光书店，当年"垮掉的一代"的代表人物之一艾伦·金斯堡曾经在这里出版了他的代表作《嚎叫》；巴黎的莎士比亚书店

寻访伦敦查令十字街

今已不存,当年可是作家和文人的大本营,出版了詹姆斯·乔伊斯的《尤利西斯》;伦敦的书店街——查令十字街很早就以"书店街"闻名,朱自清在《伦敦杂记》中就提到过。海莲·汉芙1971年出版《查令十字街84号》更是赋予了它传奇色彩,引得一拨又一拨的旅人来这家现已不存在的书店"朝圣"。

在新中国成立前的上海,四马路、福州路一带是文化人的去处,当时的商务印书馆、中华书局、大东书局、世界书局等形成"前店后厂"的格局,纷纷在此盘踞。2013年1月1日,flavorwire网站再次选出全球20家最美书店(The 20 Most Beautiful Bookstores in the World),北京的老书虫酒吧和蒲蒲兰绘本馆又一次入选,我们引以为荣。

2012年3月14日,三联韬奋书店总经理翟德芳曾经发微博,向北京市政府建议提出"将王府井大街北端的千米街道打造成书店街。灯市西口开始,美术馆东街结束,从南到北,这里有涵芬楼、灿然书屋、三联韬奋书店,以前还有考古书店、美术书店等。希望市政府考虑,以优惠措施吸引商家来此开办书店,把这里打造成真正的文化中心"。这引发了众多网友的关注与热议。如果我们的政府规划能够采纳这样的建议,把"书店街"纳入王府井商圈的规划,实在是北京市文化建设的福祉。

2. 文化地产

城市文化规划中的书店一般只是"就近设店",如同饮食店、小卖部一样,为了周边居民的便利。文化地产是房地产商在对高档社区、商场等房地产进行规划时,有意识地纳入书店的设置,或者说把书店等文化设施作为亮点带动其他地产建设。

诚品书店这两年成为国内书店同行竞相学习和模仿的模式,最重要的原因是其文化推进地产经营的理念。吴清友在《诚品书店立基于生命而非生意》一文中这样解释诚品模式:"让诚品当'二房东',除了书店本身的1万平米之外,3万平米作为商场,全都租给其他品牌。商场是一个娱乐环境,书店却是文化环境。"

(二)知识分子的公共空间(新的所指2)

另外,书店还可以代表知识分子的公共空间。这是从民营书店的意识形态意义上说的。这可以和"文化场所"一样是书店的第二层意思,也可以是在书店的经济功能和文化功能之上的第三层意思。

在我国,有不少民营书店和独立书店并没有纳入政府的资产范围,他们销售的也并非教辅图书菜谱、编织之类的图书,也不是科技图书和医学图书,主要还是思想性、文化性、文学性很强的人文社科类专业学术书籍。这些书店是大众出版业中成人出版

寻访伦敦查令十字街

板块（文学类和非文学类）的生存基础。从这个角度看，实体书店的倒闭对大众出版的打击是非常巨大的。如万圣书园、西西弗书店、晓风书屋等，店主都是有理想、有抱负、有气场、有人脉的公众人物，持有一种独立态度，动辄评点公众事件，设置公共议题。在图书的选择上，他们讲求"小而精"，力图为有思想的读者选好书。刘苏里曾阐述独立书店之"独立"二字的真正含义：除了独立经营外，更重要的是品格独立。万圣书园在传播思想的同时，也在表达自己的立场和价值观。

"万圣"就是"一万个圣人"，是"中国思想界重镇"，"季羡林、林毅夫、王石等都是万圣的常客；阿拉善、壹基金等公益机构核心人物也在此出没；中科院一些科学家……也汇集在此。"

政府应该对此类书店多加扶持，因为，在当今的商业大潮和文化氛围中，书店绝对是一种易碎品、奢侈品。

结　语

在出版数字化的当今，与实体书店的减少同步的是纸质书市场的缩减。但我坚信,实体书店拥有足够强的生命力。刘苏里说："万圣已经是一大群人精神生活的一部分。这本身就是他们的精神生活。"精神文化就是人之所以为人的存在价值。

参考文献

[1] 史翔宇. 万圣书园：游走在理想和商业的边缘 [EB/OL].（2013–11–22）[2013–12–02]. https://www.topys.cn/article/12425.

[2] 陈卫星. 传播的观念 [M]. 北京：人民出版社，2004.

[3] 梁文道. 我读 [M]. 桂林：广西师范大学出版社，2010.

[4] 王坤宁. 陈万雄：实体书店之殇乃文化建设之痛 [EB/OL].（2012–03–06）[2013–11–25]. http://www.chinanews.com.cn/cul/2012/03–06/3722743.shtml.

[5] 王晋. 大城市不能缺了小书店 [N]. 经济日报，2012–06–11（3）.

[6] 杜文景. 谁来拯救实体书店 [N]. 大众日报，2012–04–28（8）.

[7] 令嘉.【盘点 2012】书店正能量 [EB/OL].（2012–12–11）[2013–11–29]. https://www.bookdao.com/article/56016/.

[8] 马可佳. 诚品书店立基于生命而非生意 [EB/OL].（2012–11–23）[2013–11–20]. https://www.yicai.com/news/2270908.html.

[9] 巴特. 罗兰·巴特随笔选 [M]. 怀宇，译. 天津：百花文艺出版社，2005.

（刊载于《编辑之友》，2014 年第 1 期）

无人为孤岛，一书一世界

——读《岛上书店》有感

叶 新

《岛上书店》[1]这本书，讲的是一个治愈系故事，难得的是它是一个精彩的治愈系故事。创伤无处不在，或大或小，而治愈也会不期而来。

书中提到的这群人：处于丧妻之痛、无心卖书的书店老板A.J.费克里，一直约会、找不到真爱的出版社销售代表阿米莉娅，妻子出走、目前单身的警长兰比亚斯，丈夫出轨、忍气吞声的中学老师伊斯梅，江郎才尽、处处留情的作家丹尼尔·帕里什，当然还有两岁时妈妈就自杀、放在书店门外等待领养的小玛雅。这群人或多或少都有些问题，他们走不出自己的困境，也无法借助他人的力量摆脱困境，更无法帮助他人解决他们的困境。而在这本书中，小玛雅的妈妈、她的亲生父亲丹尼尔因此提前出局了。

---

[1] 泽文. 岛上书店[M]. 南京：江苏凤凰文艺出版社，2015.

无人为孤岛，一书一世界
——读《岛上书店》有感

其中强烈感觉"太南了"的那个，当然是书中的"男一号"A.J. 费克里了。他作为一个美国顶尖学府普林斯顿大学的高才生，和女友妮可一起，为了爱情，放弃了唾手可得的文学博士学位，到妮可的老家艾丽斯岛上创办了小岛书店。但是妻子妮可的意外去世，让他觉得生无可恋，言行因此变得古怪起来，也不欢迎那些想来书店看看的居民，书店的生意变得越来越糟糕。他无法走出他的困境，自然不能治愈上述那些人的心病，也许等待他的就是像小玛雅的妈妈、丹尼尔那样的悲惨结局。

如果照这么写下去，这就是一个平淡得不能再平淡的万千故事中的一个。但是，一个精彩的故事不能这么讲！

因此，正当 A.J. 费克里想远离这个伤心之岛时，谢天谢地，艾丽斯岛上的大救星——小玛雅及时地出现了！

我们常说，上天把门关上，但是却开了一扇窗。我们也可以在这里说，上天带走了可爱的妮可，但是送来了同样可爱的小玛雅。

而小玛雅就是那把帮助人们解开心结、治愈心灵的钥匙啊！

但是拿着钥匙开门的是谁呢？还是费克里自己！

他救人，首先是自救；治愈自己，同时也治愈了别人。我们常说："送人玫瑰，手有余香。"爱心必然有回报。费克里通过小玛雅这把钥匙，打开了困住自己的心结，也拯救了同样处于困境的那些人。

寻访伦敦查令十字街

当然，费克里救己救人，不是单纯地去做好人好事，帮人送牛奶、送报纸，不是路上捡到钱交给警察叔叔，或者别的什么。费克里是有自己的职业的，他的职业是开书店。这个小岛书店，作为岛上唯一的一个书店，不需要直接面对亚马逊网络书店打折、快速送书的威胁，因此还有很大的生存空间。小岛书店存在的意义，至少可以帮着当地人打发一下无聊的生活，实在没地方可去的时候可以去书店逛逛啊；可以让外地来旅游的人来一句"瞧，这个岛上还有家书店"，说不定还能买点当地的明信片、文化衫、纪念品什么的。

如果这么开书店，这就是平凡得不能再平凡的万千书店中的一个。当然，书店还可以不这么开，它可以开得更有文化，甚至开成当地的文化地标。不仅于此，费克里最后把书店开得很有爱心，开成了岛上的爱心之家。让大家觉得，原来费克里并不是那么无情、自私、冷漠。

这天的早上，费克里跑步回来时，发现家中多了个2岁的小女孩，这就是小玛雅。一番周折之下，他领养了小玛雅。而这个看似简单的举动，引起了一系列事件的发生。当然，书店以及书店中的那些书，并不只是故事发生的空间以及单纯的摆设，而成了其中重要的参与者，一个不可或缺的因素。

上述讲到的那些和费克里同样处于困境的人，有的爱读书，

无人为孤岛，一书一世界
——读《岛上书店》有感

有的不爱读书，有的曾经爱读书现在却难得拿起书。对我们来说，读书并没有什么门槛，读书从来就不是一件难事，难的是拿起书来读，而且要读出其中的味道。犹如在"二战"末期诺曼底登陆的时候，你首先得找到一个滩头阵地。这些人在等待一个契机，也在等待一个动机。

看！小玛雅来了，一切变得与众不同！

首先是兰比亚斯警长。他之前曾因为书店里丢了一本珍本书《帖木儿》来过一次，当然书没有找到。《帖木儿》是花了5美元买的，费克里本想把这本书高价卖掉，一走了之，远离这个伤心之地的。但是书丢了，走不成了，费克里还得继续把书店开下去。小玛雅来了，兰比亚斯警长也来了。警察感兴趣的是跟警察有关的侦探故事，顺理成章的也就有了一系列的警察读书会，为此而来的进书、卖书也就顺理成章了。

然后是岛上的女人们。一个没当过爸爸的书店老板，收养了一个弃婴。妈妈们自然是好奇，各种不放心，就经常来指导一下费克里怎么喂养孩子。有时，她们还带着孩子来，孩子喜欢翻阅绘本，买本绘本回家也是自然的事情，再说自己也要看看别的书啊！

当然还有伊斯梅，费克里的姨姐，一个中学老师，她要给她的学生排演剧目，提供阅读书单。她作为亲戚，给费克里帮忙的

寻访伦敦查令十字街

同时,顺便也解决了书店的一部分生意。

阿米莉娅,出版社的销售代表,在和费克里谈生意的时候,乘机了解了费克里这个人,也让费克里了解了自己,相互找到了彼此的真爱,度过了一段美好的时光。

小玛雅呢,小玛雅虽然失去了自己的亲生母亲,但是她的到来催发了费克里的无限爱心,也引发了大家的爱心,让大家找到了来书店的诸多理由,救活了这家濒临倒闭的小岛书店。在爱心的包围下,在书的包围下,她快乐地成长。她不但爱书,她也爱写作。她的同样爱阅读和写作的妈妈,本是哈佛大学的学生,因为和丹尼尔的一夜情有了小玛雅,无法活下去,走上了自杀的道路。但是,孩子是无辜的,是幸运的,是幸福的。毫不夸张地说,小玛雅的到来把艾丽斯岛变成了一个爱心之岛、读书之岛,她也成了其中最大的受益者。

在书的最后,拯救了自己和他人的费克里还是死去了。但是,他的书店照样开了下去,接过他的接力棒的竟然是兰比亚斯。在伊斯梅的丈夫丹尼尔车祸去世之后,兰比亚斯和伊斯梅有了越来越多的接触,也发现彼此才是真爱。退役不当警察的他,不仅爱上了读书,还和一直爱书的伊斯梅接手了小岛书店,让这个书店继续成为这个岛上不可或缺的一部分。

故事说到这儿,仿佛有人在你耳边吟唱:"没有人是一座孤

无人为孤岛，一书一世界
——读《岛上书店》有感

岛；每一本书都是一个世界。"（No man is an island；every book is a world.）

简而言之，"无人为孤岛，一书一世界"，这是小岛书店的招牌。每个人都不是一座孤岛，但每个人都很容易成为孤岛。要想避免自己成为一座孤岛，就必须通过读书来拯救自己，去关爱家人以及他人。每一本书都有它的读者，每一本好书都有更多的读者，它们成为读者了解彼此、沟通古今的通道。每本书都打开了一个世界，更多的书打开了更多的世界，它们让我们这个世界变得丰富多彩，不断滋润着我们的心灵。

《岛上书店》，这是一个和书有关的故事，这还是一个和爱心有关的故事。在全民防疫的当下，这本书仿佛有了新的意义。

《电子情书》
——书店的傲慢与偏见

翟 欢 叶 新

你相信平行时空的存在吗？如果平行时空真的存在，我一定会想要让简·奥斯汀创作的《傲慢与偏见》中的达西先生、伊丽莎白小姐同另一个时空中存在于电影《电子情书》(*You've got mail*，又名《网络情缘》)中的大书店老板乔·福克斯与小书店女店主凯瑟琳·凯利会面。因为达西先生与伊丽莎白小姐之间突破阶级的爱恋一直为凯瑟琳所倾慕，可以说他们两人是凯瑟琳的灵魂引导者，更是因为他们四人仿佛是人与影子的关系，即使时空不一样，但这种爱与勇敢却是异曲同工的，也可以说乔与凯瑟琳的故事是《傲慢与偏见》在当代的一种延伸。除了19世纪初那个古典绅士般的英国外，在20世纪末繁华的美国纽约城，也存在着一段包含了傲慢与偏见的爱恋，这段故事围绕书店而展开，这跨越了近两个世纪的两段故事因为"傲慢与偏见"联系在了一起。

《电子情书》
——书店的傲慢与偏见

　　《电子情书》主要讲述了男女主人公隐瞒身份通过电子邮件进行交流，成为知心好友，但现实中两人却因为各自经营书店而成了竞争对手，在反复的交流中逐渐克服了傲慢与偏见，最后两人成为情侣的故事。20世纪90年代的美国正处于高速发展的阶段，网络时代的到来使此时的美国充满了勃勃生机，与时俱进的美国人开始了快节奏的生活，满街的车子和街边林立的高楼大厦成为这个时代发展的象征，而便利超市和咖啡店也成了行色匆匆的美国人所必需的生活场所。原来的老市场变成了便利超市，原来的下午茶店变成了咖啡馆，原来饶具特色的小型转角书店变成了遍地开花的大型连锁书店。这就导致了快消文化与经典文化的碰撞，工业革命与文明世界的碰撞。在电影中，男主人公乔是书店帝国的第三代，拥有庞大的超级连锁书店，女主人公凯瑟琳则继承并经营母亲超过40年历史的转角书店，两人分属于富裕阶层和中产阶层，因为书店经营的竞争发生了矛盾。这其中也包含了阶层之间的碰撞，碰撞则必有的火花，产生的火花便是傲慢与偏见，或者说乔自上而下的傲慢与凯瑟琳自下而上的偏见。虽然转换了时空，但其实他们所面临的种种阻碍与达西、伊丽莎白所面对的大抵相同。只不过在不同的时代背景下，傲慢与偏见更深了，内涵也更广泛了。

　　在这部影片中，书店是故事的中心，而两家书店的经营者乔

寻访伦敦查令十字街

和凯瑟琳分别代表了傲慢与偏见。傲慢与偏见的相遇必然因一定的矛盾而产生，而这些矛盾也是两段故事的共同联系之一。

第一个矛盾点便是阶层的对立。乔是富裕阶层，他的父亲、祖父都是富豪，他对凯瑟琳这种中产阶层有着一种傲慢，他看不起这种"穷人"，认为穷人没有能力开书店，而自己的书店可以为当地人带来更好的服务。"我有一个坏消息要宣布，在23街的城市书店要关门了。""又一家小书店倒闭了，再搞定下一家吧。"从乔与其祖父的对话中不难发现，富裕阶层对于这些中产阶层的经营者们是瞧不起的，认为他们最终会失败。而凯瑟琳作为中产阶层，她对乔有一种偏见，她认为富裕阶层的人只是个赚钱的机器，他们为了盈利会不择手段。"如果我认识你，我会发现：你没有大脑，只有收银机；你没有心，只有账簿。你这可怜的百万富翁，我真为你感到难过。但是我不期待你能了解好人，你那家像游乐场的咖啡乐园，你以为卖大量书可以让大众获益，但是没有人会记得你，或许也没有人会记得我，但至少有一部分人会记得我妈，他们认为她人很好，她的店很特别。你只能算是衣冠禽兽。"在咖啡馆里，凯瑟琳歇斯底里地向乔一通宣泄，这些话体现了她作为中产阶级对于富裕阶级的偏见。"你那家可爱的小书店，一年大概也就赚35万吧。而我们可是薄利多销，和超级市场一样，我们不卖沙拉油，我们卖廉价书。"这是乔对凯瑟琳说的一段话，这段话里

《电子情书》
——书店的傲慢与偏见

体现了乔对于这些"小店"的傲慢,而乔在这句话里将书比作"沙拉油"也成了凯瑟琳接下来反击的证据。

除了阶层之间的傲慢与偏见外,还有第二个矛盾点,那就是商人与知识分子之间的矛盾。乔是个商人,他对凯瑟琳这样的"知识分子"有一种傲慢,他认为知识分子只会纸上谈兵,而不会实际去做一些事情。就开书店而言,乔认为福克斯书店便宜而且服务周到,而像凯瑟琳那样的知识分子,只会用嘴来说,但实际还是提供着很昂贵的书。"我们有大量的产品、折扣、舒服的沙发,以及我们的卡布奇诺咖啡,他们一开始会讨厌我们,但是我们终究会获胜。"这是书店开业前,乔对自己的员工说的一段话,这段话里充满了信心以及对"小店"的傲慢。"我要买下他们所有的建筑书籍以及纽约历史书籍放进新书店。""儿子你要多少钱?""可以让那些西区的解放分子和知识分子……""儿子,不要给他们取那么好听的名字。"这段福克斯父子之间的对话,可以看出作为商人的他们对于知识分子的厌恶与傲慢。相反,凯瑟琳作为知识分子代表一再地表达出对乔这样的商人开书店的不满与偏见。"我们不会受到影响,他们虽然大,但是只是一些生意人。他们虽然有折扣,但是他们不提供服务,而我们却不一样。""这个世界不是只有折扣,相信我,我在这行做了很久了。我从六岁开始,放学后会来书店帮我妈妈,我看到她并不是单单卖书,她在帮人们

寻访伦敦查令十字街

找到内心的世界。……我太激动了,我妈妈把店交给了我,而我将把我的店交给我的女儿。"凯瑟琳认为商人只会通过折扣来吸引人,但书店存在的意义不仅在于此,就如同她的妈妈一样,她热爱读书,店里的员工也热爱阅读,他们可以为顾客更好地推荐书,可以为顾客解答内心的疑惑,而商人的眼中只有盈利,他们并不热爱阅读,开连锁的快消书店会促使传统文化气息的破坏,并没有起到一家书店应该起到的作用。"当你们击垮福克斯连锁书店,转角书店将带领世界击垮工业革命。""你在这一片商业腐败的气息中孤军作战。"在凯瑟琳的书店面临倒闭时,她变得十分沮丧,而同样为知识分子的她的男朋友弗兰克用了非常带有偏见的话来激励她,他将福克斯连锁书店比作工业革命,而他们则代表了文明世界,他认为福克斯连锁书店的存在就是商业腐败的表现,由此可见,不仅凯瑟琳,弗兰克也有着同样的偏见。此外,在凯瑟琳向乔的连锁书店发起舆论攻击时,许多标语言论也充斥着知识分子内心对于商人的偏见。"在这里福克斯连锁书店仗着自己有钱,威胁一间知识殿堂,记住,20世纪最有力的事实是什么人读什么书,请救救转角书店,也救救自己的灵魂。""你们希望西区变成一个大型商区吗?你们希望72街下地铁后发现纽约不再是纽约吗?""在那里的工作人员根本不看书。""转角书店是在杰弗逊时代建立的,纽约市历史的见证。从技术方面来说这个世界已经失控了。"虽然最终凯瑟琳失败了,但从媒体的广泛传播到群众的热烈反应也不难看出,知识分子对于商人的偏见也是十分明显的。

其实,两个故事除了傲慢与偏见这个共同点外,如何消除傲慢与偏见也是两个故事联系的关键。

在《傲慢与偏见》这本书中,达西先生通过自己的坚持与实际行动打破了阶级禁锢,最终与伊丽莎白小姐在一起了。两人消除傲慢与偏见的关键便是了解,两人的傲慢与偏见产生于传言而消除于亲身的了解,两人之间并不是一见钟情而是日久生情,在他们初次遇见的麦里屯舞会上,达西先生并没有对伊丽莎白小姐展现出丝毫的爱意。直到伊丽莎白小姐展现出她活泼的一面时,她才开始进入了他的心里。这种活泼是达西先生从不曾见过的,毕竟作为一个财力与地位并存的人,他身边的女人都是端庄高贵的贵族大小姐。也只有这种与众不同才能走入达西先生的视线,而这也仅仅是开始。在之后的接触中,达西先生开始去注意伊丽莎白小姐,通过他自己的了解,他发现了伊丽莎白小姐的率真与美丽,消除了对她野蛮、无理、普通的初印象,消除了自己高高在上的傲慢。伊丽莎白因为舞会上达西带有侮辱性的话以及乔治诽谤达西的话对达西产生了偏见,但是在后面的接触中,发现达西对朋友非常好,帮助伊丽莎白家找回了私奔的妹妹,又出钱资

寻访伦敦查令十字街

助其办婚礼,后来还为姐姐和他朋友牵线,这些事情消除了伊丽莎白小姐的偏见,进而对达西先生产生好感,发现他是个正直善良的人。在达西与伊丽莎白结婚后的一段对白中,其实便说了答案:伊丽莎白马上又高兴得顽皮起来了,她要达西先生讲一讲爱上她的经过。她问:"你是怎样走第一步的?我知道你只要走了第一步,就会一路顺风往前走去;可是,你最初怎么会转这个念头的?""我也说不准究竟是在什么时间,什么地点,看见了你什么样的风姿,听到了你什么样的谈吐,便使我开始爱上了你。那是好久以前的事。等我发觉我自己开始爱上你的时候,我已经走了一半路了。"他们两人的爱是润物细无声的,讨厌或许是轰轰烈烈的,是可以因为一件事或是一句传言而产生的,但爱却是在接触与了解中由心而发的。达西与伊丽莎白的故事说明了消除傲慢与偏见最好的方式便是真正进入他的生活中了解他。

在影片《电子情书》中,《傲慢与偏见》这本书第一次出现,是在凯瑟琳的饭桌上,她想要与自己的"网友"也就是线下并不认识的乔见面分享。这本书不是一个简单的道具,而是代表凯瑟琳文化品位的一个符号,还是一块试金石,试试乔有无一样的文学品位,但是乔没给她这样的测试机会。就如她所说,这本书是她最爱的一本书,即使在她的强烈推荐下,乔努力尝试着去看了,但他还是用了扭曲的表情,表现出当时的他还是不能理解为何凯

《电子情书》
——书店的傲慢与偏见

瑟琳对这本书如此地着迷。或许《傲慢与偏见》这本书对于当时的乔而言只是一本适合女生看的爱情小说，当时的乔与凯瑟琳仅仅是认识几天的网友，没有过多的接触与了解，那时的乔是轻浮的、生涩的，对凯瑟琳更是不甚了解。在饭馆见面时，凯瑟琳称："这本小说的女主人公是最复杂以及最伟大的主角之一，跟你说简直对牛弹琴。"当时的乔已经得知了凯瑟琳便是自己的网友，说道："我也阅读过这本书，如果你真的认识我，你会发现我有许多你不了解的东西。"电影中这一个小小的插曲却为傲慢与偏见的消除揭开了序幕，两人因为《傲慢与偏见》而针锋相对，其实生活中两人不就是傲慢与偏见本身吗？这一幕情节是伏笔也是桥梁，它将这部影片与这本书的另一个共同点揭示出来——如何消除傲慢与偏见。

乔与凯瑟琳之间除了阶级的禁锢还有知识分子与商人两种立场的阻碍，双重的傲慢与偏见犹如铜墙铁壁。不过,就如同片名"电子情书"，两人最终通过电子邮件打破了双重的傲慢与偏见。电子邮件便是他们了解彼此的最好的桥梁。在成为敌人前，男女主人公便是网友，一直分别用"NY152"和"Shopgirl"的笔名彼此倾诉着除了真实身份以外的生活中的一切，可以说他们在网络中是知心好友甚至是灵魂伴侣，他们相互吸引、彼此欣赏，有许多的共同话题。但是在现实生活中，他们因为身份与书店而产生了傲

寻访伦敦查令十字街

慢与偏见,是冤家敌人。在乔发现原来网上好友是自己的死对头后,他感到难以置信,开始尝试去真正地了解凯瑟琳,在他知道了书店背后的故事,发现了凯瑟琳的可爱与真实后,渐渐地消除了对凯瑟琳的偏见,将网络上的友情升华成了现实的爱情。

其实除了了解外,"换位思考"也是消除傲慢与偏见的法宝利器。影片中几个小小的转变,便是最好的体现。起初的凯瑟琳每每提到连锁大型书店便会用"糟糕""文明终结""肤浅""毁灭"等字眼去形容,但是随着她利用媒体去攻击大书店"战争"的失败,她的书店倒闭,开始反思自己,开始尝试换位思考。于是她走进了自己曾给予偏见的福克斯书店。她发现这里并不是自己想象中的文明终结之地,里面的读者边喝咖啡边看书,十分快乐。书店非常大,里面书的种类很齐全,可以更好地为读者提供知识养分,如果自己是读者也会选择这样的书店。凯瑟琳终于承认商人其实也可以促进文明的延续,她消除了对大书店的偏见。在之前,她认为自己的书店的优势是自己熟悉每一本书,她可以为每一位顾客提供更好的服务。当她走进福克斯书店儿童部,发现那里的店员没能明确回答顾客的疑问时,她没有再次产生偏见,而是耐心地为那位顾客解答。这个转变是因为凯瑟琳开始了换位思考,她相信大书店也能够为顾客提供更好的服务,因为换位思考,她消除了对大型连锁书店以及像乔这样的商人的偏见。起初的乔是一个十足的商人，他所做的一切都是为了经济利益，包括开书店。后来的他尝试去阅读之前当作一般商品的图书，开始向凯瑟琳学习，明白了开书店不仅仅是为了金钱，也是为了文化的继承与发展，就如凯瑟琳的转角书店一般，为读者提供更加贴合书店本身的服务，从而消除了对凯瑟琳以及小型书店的傲慢。

网络为两人之间架起了了解的桥梁，网络上两人隐藏身份，没有阶级禁锢、没有派别限制、没有现实阻碍，两人是无话不谈的知心好友，有共同话题可分享，为彼此出谋划策。但是现实中的两人却是欢喜冤家，打破这傲慢与偏见的便是了解和换位思考。当两人试着去了解彼此，试着站在彼此的角度去看问题，试着踏入彼此的世界，就发现无论是两种书店之间还是人与人之间，其实傲慢与偏见根本不存在。无论是达西先生与伊丽莎白小姐的古典爱情，还是乔与凯瑟琳这对现代冤家，无论时代的变迁有没有加深傲慢与偏见，最终"了解"与"换位思考"这两件利器都会将它们消灭。

青年季羡林清华购书记

叶 新

20世纪30年代初期,季羡林先生在清华大学外国语言文学系(原为西洋文学系,以下简称"外文系")上学期间,在清华园和北平城里,以及国外书店及其国内分店订购了不少外文原版书,其中不乏"善本"。本文主要检索《清华园日记》(外语教学与研究出版社2009年版,以下简称"日记")的有关记录,对季羡林的国外购书经历作简略的考证和评价。

季羡林从国外书店购买外文原版书,始于在山东济南省立高中上学的时候。喜欢英语学习的他曾去信日本的丸善书店购买外国文学书,其中一本是英国著名作家吉卜林的短篇小说集,他还着手翻译过其中的一篇。当时一本书够他一个月的饭钱。他节衣缩食存下几块大洋,写信到日本去订书,书到了,又要走十几里路去商埠邮局"代金引换"。拿到新书之后,他心中的愉快无法形容,并由此坚定了考上大学、学习外国文学的方向。

1930年,季羡林考上清华大学外文系后,主修德文专业。该系实际上以英语文学教学为主，不管来自哪一国的教授，不管什么课程，都用英语讲授。此时经济稍微宽裕的他"旧习"不改，通过各种途径购买"洋书"。原因一则是上课学习参考的需要，再则是老师的熏陶和教诲，更有周围同学的影响，还因那未来在书斋看书写作的梦想。1932年8月25日，季羡林在《清华园日记》中写道："我的书斋总得弄得像个样——Easy chairs，玻璃书橱子，成行的洋书，白天办公，晚上看书或翻译。""玻璃书橱子"中"成行的洋书"从哪里来？那只能是买，而且是不顾囊中羞涩，就要买。正是这种对书的"极大的爱情"和不能自拔，导致他随后一次次地出手买书。

上海璧恒公司

季羡林在"日记"中记载最多的就是去上海璧恒公司购买外文书的经历。璧恒是一家德国人在上海开的出版公司，社址在上海南京路38号，中文名"德商璧恒图书公司""德国璧恒图书公司"或"上海璧恒图书公司"，主要出版中外双语对照图书。它先后出版过《德文入门》（1931年）、《标准国语教本》（德汉对照，1939年）、《德国工业丛述》（1944年）、《德华大辞典》（1945年）等，还在1940年创办了一本名为《欧亚画报》（Europe-Asia

寻访伦敦查令十字街

Illustrated News）的英中对照半月刊，也出过不少有关中国风景的明信片。除了出版业务之外，它主要从事为国人从德国代购德文原版书的工作。

该公司的德文名称是"Max Hölderlin & Co."，1932年12月7日的"日记"记载"又决定买Hölderlin全集。买下德文后，问Ecke，他说，Hellingrath和Seebass合辑的全集已绝版，但能买到Second hand，晚上遂写信到Max Hölderlin问是否可以代买"。艾克（Ecke）是季羡林"第三年德文"的授课教师，正是他提供了《荷尔德林全集》的二手书信息。

荷尔德林（Johann Christian Friedrich Hölderlin，1770—1843）是德国诗人、哲学家，去世后长期湮没无闻。1913年，诺伯特·冯·海林格拉特（Norbert von Hellingrath，1888—1916）开始编辑《荷尔德林全集》，他1916年死于"一战"战场后，弗雷德里克·泽巴斯（Friedrich Seebass）和路德维希·冯·皮格诺特（Ludwig von Pigenot）接手编辑工作，直到1923年才出版了6卷本的全集。《荷尔德林全集》的出版在德国乃至全世界引发了"荷尔德林热"，声望也迅速传到了中国。我们经常传诵的"人，诗意地栖居"就是他的一首诗的名字，德国大哲学家海德格尔则拿来命名他的文章，使得我们经常弄混它的出处。

其中提到的"Max Hölderlin"应该是"Max Nölderlin"，前者

中的"H"是"N"之误，估计是当初日记转写者粗心的缘故。该书本页的脚注只是说"Max Hölderlin：书商名"，没有具体所指，其实就是前面一直提到的璧恒公司。但是，该"日记"却在书中两次将璧恒公司误当成"Maggs Bros"。"Maggs Bros"是位于英国伦敦的一家从事英文珍本书、二手书销售的书店，不太可能经手德文原版书的售卖。

据"日记"记载，季羡林从1932年8月记日记之初，就开始向璧恒公司购买图书了。1932年8月24日的日记写道："寄璧恒公司十元，订购《歌德全集》。"这十元是定金。同年9月2日，季羡林收到璧恒的信，信中说："钱已收接，已向德国代定Goethe，六星期可到"，他满心欢喜、日盼夜望。可是过了预定期限后的11月4日，书还没到，他发感慨说："我向上海璧恒公司预定的《歌德全集》，计算着早该来了，然而一直到现在不见到。每天上班回来，看见桌上没有信，真颇有点惘然之感呢。"这里在"璧恒公司"之前加了"上海"二字，也再次证明了上述"璧恒"注解之错误。

在此之后，季羡林还为之担心的是，自己老借钱给同学和老乡，这套全集真到手时，钱要不够了怎么办，1932年11月15日的日记"亏了《歌德全集》还没来，不然又得坐蜡，大概借钱总是免不了的"，可见一斑。

寻访伦敦查令十字街

可是最后《歌德全集》还真的是来不了了。1932年11月29日的日记记载道:"今天接到丸善来信,说Hölderlin没有了。我最近买书的运气一向不佳,前两天接到璧恒公司回信说,《歌德全集》卖完了,今天又接到这信,真不痛快。"真是运气不佳,不仅向璧恒订购的《歌德全集》没买着,向日本丸善书店订购的有关荷尔德林生平的书也没买着。季羡林这才有了同年12月7日向璧恒购买《荷尔德林全集》的想法。

这天下了德文课之后,季羡林问了艾克(Ecke)教授关于购买《荷尔德林全集》的事情。艾克说已经绝版,但能买到二手的《荷尔德林全集》,他马上决定写信去璧恒试一试。过了半个月左右的时间,璧恒公司回信说:《荷尔德林全集》有可能买到,但是须先寄定金。季羡林就立刻写了封信,寄了二十元去。这书大约1933年3月书可到,他也担心定金这么高,"倘若买到的话,还不知道价钱是若干呢?"不过,这回的运气比买《歌德全集》要好得多。1933年3月29日,季羡林收到了璧恒公司的信。见信之后,他的第一反应就是"我tremble了,我订的Hölderlin准没有了。然而,不然,却有了"。他欣喜若狂——"我想跳,我想跑,我不知所措了。我不敢相信,我顶喜欢的诗人,而且又绝了版的,竟能买得到。我不知所以了。"他认为荷尔德林是他"顶喜欢的诗人",歌德也不在话下,《歌德全集》没买着的遗憾也早抛在脑后了。

1933年4月1日，璧恒公司终于把《荷尔德林全集》寄来了，但是那天太晚了不能取，让他遗憾了一晚上。1933年4月10日上德文课的时候，季羡林把《荷尔德林全集》拿给艾克教授看，教授大为高兴地说："你大概是中国第一人有这么一部书的。"他想："能有这么一部Hölderlin全集，也真算幸福。"

到了20世纪90年代，季羡林在一篇文章中回忆说自己"仍然节约出一个月的饭费，到东交民巷一个德国书店订购了一部德国诗人薛德林的全集"（"荷尔德林"也译作"薛德林"），订书的地方是"东交民巷一个德国书店"，这是老来回忆之误（《清华园日记》直到2002年才出版）。不过，"这是我手边最珍贵的东西，爱之如心头肉"这句话确实不假。

季羡林本来就有编译荷尔德林生平及其诗作的想法，《荷尔德林全集》的到来有如神助。从此，他花了不少时间研读《荷尔德林全集》，偶尔翻译他的诗，逐渐以"薛德林专家"自居。在艾克和石坦安两位教授的指导下，把毕业论文最终选定在了"荷尔德林的早期诗作"这个研究主题上，成为荷尔德林在中国最早的译介者之一。

当然，除了这套《荷尔德林全集》之外，季羡林之前也向璧恒买了一些其他的书，比如托马斯曼·曼（Thomas Mann）的《死于威尼斯》（*Der Tod in Venedig*），等等。

寻访伦敦查令十字街

日本丸善书店

上文提过季羡林在济南北园高中上学时，就有过从日本丸善书店订购吉卜林短篇小说集等外文书的经历。进入清华园后，季羡林继续从丸善书店购买日本出版的外文书，他的同学们也不例外。

1932年9月29日，同学王岷源订购的书来了，季羡林的评价是："其中以 Faust 为最好，可惜是日本纸，未免太 Vugar。R.Browning 诗集有美国气。"

过了几天，季羡林突然决定也要买这本诗集，为了200元的购书款，他愿意分两学期筹款。要知道，当时他的学费每学期才40元，每月的膳费才6元，都得他的叔父家费心筹措，200元大洋是一笔不小的数目。

本来《罗伯特·布朗宁诗集》就花费太多，但是10月20日他又想买《但丁全集》、乔叟（Chaucer）的书、《鲁拜集》（Rubaiyat），确实捉襟见肘。不仅如此，又过了十几天，他见一个同学"新在日本买了两本书，日金只合中币一元零一分，可谓便宜。"他又不禁跃跃欲试，想再到丸善去买几本书。在随后的日记中可以看出，这些书中包括法国作家法朗士（France）的《生平与书信》（Life & Letters）等，为的是从中选译些有关法朗士文学批评观点的内容，向杂志投稿。

"日记"中没有明显地记录说季羡林购买到了哪本书,但是明显提到了他没买到的一本书,那就是上文所说的荷尔德林的传记。1932年11月9日,他给丸善去信,过了20天丸善来信说没书了。由于季羡林经常和丸善书店联系,丸善就一直给他寄送书目,甚至他在德国留学期间也不例外。

英国马各斯书店

除了德国的璧恒、日本的丸善,季羡林在"日记"中还提到了英国的马各斯书店(Maggs Bros),只是日记转写者误注成了"璧恒"。在1932年9月2日的"日记"下面有个"Maggs Bros 34&35 Conduit Street London W.:璧恒公司。"的注释。"日记"中提到,季羡林8月24日给璧恒发信,9月2日已经收到回信,来回才10天。在20世纪30年代初期,中国人去欧洲,要么水路,要么陆路。1935年季羡林去德国留学走的是陆路,9月4日从北京坐火车出发,9月14日到柏林,前后花了十天时间。1933年浦江清去欧洲游学走的是水路,9月12日出发,10月5日到意大利上岸,前后花了24日时间,如果到英国伦敦还得花更长时间。而普通邮件大多走水路。这么来看的话,"璧恒"只能是在国内,不可能位于伦敦。另外,据"日记"记载,季羡林1934年4月7日6时50分

寻访伦敦查令十字街

从北京坐火车出发，9日晚12时到的上海，前后花了两天5个小时。如果邮件走火车，平沪来回十天显得更为合理。

综合以上分析，9月2日的"日记"说"过午接到璧恒公司的信，说钱已收接，已向德国代定 Goethe，六星期可到"，《歌德全集》从德国寄到中国，然后从上海寄到北京要花6个星期是合理的。而"Maggs Bros"不可能是上海的"璧恒"，而是位于英国伦敦的一家书店——马各斯书店。

马各斯是英国伦敦一家专卖稀见书、二手书的老牌书店。它创办于1853年，起先位于英国康第街（Conduit Street）的34号和35号，1934年搬到几百米外的伯克利广场50号。被誉为"书痴"的钟芳玲先生走访过世界上许许多多的书店，最为中意的就是珍本书店。2012年8月11日，她在《北京晚报》上发表《海查德书店，皇家认证……》一文。其中提到：英国有几家书店因为提供书籍与手稿而得到"皇家认证"（Royal Warrant），其中就包括马各斯书店。2007年底，钟先生作为顾问，策划了"2007年香港国际古书展"，马各斯书店也受邀参加。

季羡林在1932年8月24日的"日记"中说："今天忽然想到买 William Blake 的诗集，共约一镑十先令，是刊在 Rare books。"威廉·布莱克的诗集名为《威廉·布莱克：天真之歌和经验之歌》（*William Blake：Songs of Innocence & of Experience*），价钱是一镑十先令，信息来源是《稀见书目》(Rare books)，但没说在哪看到，是由哪个书店提供的这本书目。第二天，季羡林和王岷源就相约去图书馆找沈先生往英国代购。第三天一早，他们去了图书馆，沈先生说两个月后书就可以到了。但是才过了两天，季羡林就等不及了，他在8月27日的日记中写道："最近我老感到过得太慢，我希望日子过得快一点儿，好早叫我看到William Blake 的诗。"

1932年9月2日的"日记"提到"托 Herr 王 ❶ 索要目录信"，第二天又提到"目录信"的收信地址是清华园，寄送地址是"Maggs Bro, 34&35 Conduit street, London W."❷。"Maggs Bro"也就是马各斯书店。同年9月29日的日记又记道："晚上读 Emma，抄 Rare Books，预备买两本，我也知道 Rare Books 太贵，但是总想买，真奇怪。"估计是在图书馆抄的，因为他看的简·奥斯汀的《爱玛》(Emma)是不能借出来的。1932年11月20日的"日记"说："今天接到 Mags Bros 寄来的 rare books 目录。"笔者要说的是，"Mags"中少了个"g"。这就把马各斯书店、《稀见书目》、目录信统一在一起了。

估计是清华大学图书馆经常向马各斯书店采购书，书店寄来书的同时也附送了他们刊印的《稀见书目》，图书馆为了方便清华

---

❶ 即王岷源——本文作者注。
❷ 伦敦西区康第街34号和35号——本文作者注。

寻访伦敦查令十字街

的师生托购图书,就把该《稀见书目》放在馆中供查阅。如此这般,季羡林和王岷源才能得到最新的二手书信息,他们才想让马各斯书店寄送最近的《稀见书目》。比如,1932年的11月4日的"日记"提到季羡林又托购了其他两本书,一本是赫伯特·雷德(Herbert Read)的《英国诗歌的各个阶段》(*Phases of English Poetry*),另一本是罗伯特·格雷夫斯(Robert graves)的书,不知具体的书名。1932年12月7日,季羡林忽然决定再托图书馆买书。第二天,他去找沈先生,但是沈先生说8月他们向英国订购的书还没来,要打电报去问问,让他们再等一等。

福伊尔斯书店

除了马各斯书店,季羡林在"日记"中提到的还有英国另外一家名气更大的书店——福伊尔斯书店。

据王岷源回忆,有一次,西洋文学系三、四年级合班上课时,三年级的王岷源和四年级的钱锺书在一起上课,后者看见前者有 *Son of Women*(《女人的儿子》,英国作家劳伦斯的传记)这本书,就借去翻了一下。为了谈这本书的来源,本文顺便提起:

附带说一句:当时清华大学图书馆有个德政,就是可以替学生在外国的书店代购图书。只要学生把想买的书,一本书一张卡片,写好书名、作者姓名、出版社名及出版年及托购者姓名等，交给采购股，图书馆从国外订书时，就附带把学生托购的书也写上。等这些书寄到清华时，图书馆就通知学生，书已买到，原价若干，折合中国钱币多少，请来馆付款取书（我的印象是当时换外币并不困难，汇率也比较稳定，一美元约合中国钱币两元左右）。由于有这个方便，当时清华的教师和学生通过图书馆从国外买书的不少。大概从英国进口的书多半是从一家大书店 Foyles 买的，上面提到的那本 *Son of Women* 的封二左下角就贴有 Foyles 的标记；从日本进口的书，则往往是通过丸善（Manzen）书店购买。

这段话的大致意思是清华大学图书馆在国外订书时，可以附带订购本校老师和学生想要的书，如此"德政"极大地方便了清华大学特别是外文系的师生们。而图书馆订购的来源就是英国的福伊尔斯书店（Foyles Bookshop）和日本的丸善书店，比如《女人的儿子》的封二左下角就贴有福伊尔斯书店的标记。

除了由清华大学图书馆向福伊尔斯书店托购，季羡林估计也有自己去向该书店买书的经历，因为 1933 年 6 月 6 日的"日记"记载道："早晨跑了一早晨，忙着汇钱，汇到 Toyle。""Toyle"估计是"Foyles"之误写，不知是作者日记之误，还是转写者之误。福伊尔斯书店位于伦敦有名的书店街——查令十字街（Charing Cross Road），至今仍然是欧洲最大的书店，清华大学教授朱自清、

寻访伦敦查令十字街

历史系学生夏鼐（1930—1934年在校）等人到英国游历或者留学时，都去走访过这家书店，也许是当年曾经通过图书馆向该书店订购过原版书的缘故吧。因为钟芳玲之介，国人熟知的是"查令十字街84号"，虽然位于此的马克斯与科恩书店（Marks & Co.）早已于1969年关门歇业，但因为海莲·汉芙同名书籍的流行，引得无数国人去朝圣，也包括笔者在内。

但令人遗憾的是，季羡林到底向这两家书店买到了什么书，"日记"中没有明确的记载。

参考文献

[1] 季羡林. 我和外国文学的不解之缘 [M]// 季羡林说：清华那些事儿. 北京：金城出版社，2014.

[2] 王岷源. 亲切怀念默存学长 [M]// 沉冰. 不一样的记忆：与钱锺书在一起. 北京：当代世界出版社，1999.

（刊载于《现代出版》，2015年第3期）

实体书店的另类回归

——亚马逊、当当开实体书店

王 薇[*]

近年来,实体书店图书零售市场可谓起起落落。据开卷数据显示,2008—2010年全国图书零售市场地面店渠道增长速度连续3年低于5%,2011年回升到6%左右,2012年、2013年的值为–1.05%、–1.39%,连续两年负增长,可谓是实体书店的寒冬。

但2014年很快就回到了3.26%,2015年又略有好转,增长了0.3%,在这一年,许多城市都坐落起新的实体书店:北京三联韬奋书店入住深圳,上海三联首店落户上海朱家角,方所、西西弗、今日阅读在全国各地的多家店面落地。2016年又新兴30家实体书店。寒冬过后,实体书店似乎迎来了新的春天。

此时,不仅是传统的书店转型、民营书店不断扩张,就连网店也转向实体书店,这一现象不禁令业界惊异。2015年11月3日,

---

[*] 王薇:山西太原人。北京印刷学院出版硕士。

寻访伦敦查令十字街

亚马逊首家实体书店（Amazon books）落户西雅图，并称日后要将规模扩大到 400 家；同月，当当便宣布要在三年内开 1000 家实体书店，辐射范围到县级；2016 年 9 月，当当首家实体书店梅溪书院落户长沙。

亚马逊和当当作为美国和中国的电商巨头，相继加入实体书店的队伍，为实体书店增温，着实是实体书店中的一道独特风景。那么它们为什么要从网店回归到实体店？和其他书店又有何区别？未来又将向哪儿发展？

亚马逊与当当是怎样的实体店

亚马逊实体书店（Amazon Books）

1995 年，杰夫·贝佐斯在网上创建了亚马逊书店，起初是销售在线图书，到今天已成为无所不卖的网上商业帝国。在这 20 年的历史中，不知多少家实体书店受到它的打击而关门停业。而如今，贝佐斯却自己开始建立起实体书店，不禁让业内大跌眼镜。那他的实体书店又具有怎样的特色呢？

首先从它的选址说起。这家拥有强大数据的电商，选址上一定也是很有权威依据。亚马逊实体书店坐落在西雅图一家拥有 60

多年悠久历史的大学村购物中心内，周围有世界著名学府华盛顿大学，自然这里是4万多华盛顿大学学子日常购物、课后休闲的最佳去处。而且据调查得知，18~29岁是全美阅读率最高的人群，达到80%。可见其选址的精细。

来说店内陈列，亚马逊实体书店主要还是以图书为主要销售对象，它没有文创产品或是咖啡馆的叠加盈利。但是除了书，它还陈列有Kindle、Echo、Fire TV以及Fire Tablet等亚马逊硬件产品，为读者提供亲自上手体验的机会。图书则是以封面朝外的形式展示给读者，可以让读者看到每本书封面的全部面貌。除此之外，每本书下面还附有一块黑色小牌，写着该书的获奖信息和网友评价，以及网店上的好评星级和关注者数量。另外，小牌上还有条形码供读者获知最新网上价格。并不是网店上的所有图书在这里都能找到，实体店图书的选择是基于庞大的客户数据库，选择范围来源于畅销书、预订单、阅读软件评级，只有评分在四星以上的图书才有资格上架实体书店，并以此调整书店的库存。

在图书价格上，则实行线上线下统一定价的方法，即实体店的价格和网店一致。在结账时，书店不仅支持现金和刷卡，也可以用网店上账户余额付费。当然，你也可以选择在实体店体验后，直接在网店上下单，享受送货上门的服务。

寻访伦敦查令十字街

亚马逊书店很好地实行了 O2O 模式，线上线下相辅相成、融合发展，更好地发挥各自优势，互补劣势，加强自身品牌建设。

当当梅溪书院

梅溪书院位于长沙步步高·梅溪新天地，书院有四层，总建筑面积近 5000 平方米。

虽然同为网络书店实体化，但当当与亚马逊则是两种风格。亚马逊是纯以书为主打，当当则是集书店、咖啡、文创、讲堂、展览于一体。书院四层分别为 G、L1、L2、L3，G 层为 24 小时书店，大部分店内图书在该层陈列；L1 层除图书外，还包含儿童馆、手工教室、咖啡馆；L2 层为"讲堂区"，配备小型演出的灯光、投影、音响等专业设备，是承载书店多种活动的主要场所；L3 层则为展馆和茶室。步步高集团董事长王填表示，希望通过梅溪书院这个超级文化 IP，打造一个湖南文创平台。

关于书店部分，当当在选书上也是利用大数据优势，打破图书传统分类，基于大数据的多维度个性推荐，设有三个特色书籍空间——"当读""阅享当下"和"当当书湘榜"。"当读"倡导开始读，重拾读的理念，推荐的是湖南地域精神文化相关的书籍，以及基于时下热点文化动向确定的精读主题；"阅享当下"则打破传统图书分类，将图书分为妹陀、满哥、欢喜、乐活、异想、主义、发现、他乡、岁月、浪潮、匠心、传家、人间、大师14个创新维度，吸引读者前去一探究竟；"当当书湘榜"则分类展示当当线上湖南地区最受顾客喜爱的TOP10作品。书店24小时营业，价格上同样采取线上线下同价的方式。除了传统纸质书籍，当当还配备了30台当当阅读器，让顾客免费体验"电纸书"阅读，带给他们更好的阅读体验。

　　文创部分，梅溪书院首次引进40余家国内外知名文创品牌，涵盖书写工具、纸张本册、家居饰品、儿童文具等3000多种文创产品，同时开设绘画、花艺、纸艺、皮艺等多门类手作课程；讲堂部分，当当实体店会定期举办作家讲座、社群沙龙及邀请读者参与国内顶尖的展会展览，以让读者更好地和作家名人及行业专家互动；展览部分，梅溪书院将会举办文化、艺术、创意、生活方式等多类型展览。

　　当当和亚马逊虽然走不同的路线，但它们都将线上线下很好地融合在一起。线下选书利用线上庞大的数据库，线下价格等同于线上，基本已经没有了线上线下的界线。

它们与普通实体店的比较

　　亚马逊书店和当当梅溪书院虽然以实体店的形式出现，但明显他们已经不同于普通的书店。

寻访伦敦查令十字街

价格上，它们依然承有网店最吸引人的特质——低价。与网店同价，那就意味着顾客既可以弥补网店无法体验真书的缺憾，又能享有价格的优惠。那普通实体店如果给予的是相同的读书体验，顾客自然愿意在亚马逊和当当的实体店购书了。比如诚品书店和当当实体店，两者都是多元融合的文化社交场所，但诚品书店按照原价售书，当当则最低打八折，如果你是顾客，会选择在哪里购买呢？

图书选择上，亚马逊和当当都拥有强大的网上用户数据库以及数据分析能力，它们能够根据用户的需求反馈，提供更加定制性、人性化的服务。而普通实体书店数据性则弱于两大电商，它们在图书选择上则更为机械化。如果在一个书店，顾客能在琳琅满目的书籍中，很快地找到自己所需，那么这也是一个绝对令人青睐的体验。

销售渠道上，亚马逊和当当可以进行线上线下同时销售，不同于普通书店，它们会鼓励顾客线下选书、线上消费，通过线上还可以送货上门。其实最终又回归于网店，带有互联网的基因。而普通实体书店只能通过线下销售，也不提供送货上门的服务。

综上，网店实体化后的书店，似乎比普通实体书店显示出更多的优势。目前，这种网络书店实体化的现象并不普遍，所以对普通实体店的冲击还未能显现。但我们都知道，当当早就称要在三年内开 1000 家实体书店，亚马逊也在今年 3 月在圣地亚哥开设了第二家实体书店，它的 400 家实体店计划会不会逐渐落实？当亚马逊和当当的计划全部完成后，实体书店的明天又将是怎样？这是一个值得我们深思的问题。

另类回归的原因

政府层面的政策扶持

2013 年年底，财政部和国家税务总局联合下发的《关于延续宣传文化增值税和营业税优惠政策的通知》指出，自 2013 年 1 月 1 日起至 2017 年 12 月 31 日，免征图书批发、零售环节增值税。将过去只有新华书店享受的税收优惠扩大到全行业，全国大大小小的民营实体书店和网上书店将享受税收优惠。这极大缓解了实体书店的经营压力。

2013 年底还发布了《关于开展实体书店扶持试点工作的通知》，中央财政将对试点城市符合条件的优秀实体书店给予奖励，用于帮助其购买软硬件设备、支付房租、弥补流动资金不足等。

2015 年，"建设书香社会"首次在政府工作报告中出现，凸显了党和政府对全民阅读的高度重视。李克强总理进一步解答："使

寻访伦敦查令十字街

全民阅读能够形成一种氛围，无处不在。"实体书店作为实现"全民阅读"的重要基础设施，以及构建书香乡村、书香社区、书香学校、书香机关、书香企业、书香家庭的重要载体，其发展得到了政府层面的正向引导。

2016年6月，十一部委联合印发《关于支持实体书店发展的指导意见》，提出将实体书店建设纳入国民经济和社会发展规划；对实体书店创新经营项目和特色中小书店转型发展通过奖励、贴息、项目补助等方式给予支持；提供创业和培训服务；简化行政审批管理，降低市场准入门槛；规范出版物市场秩序。可见不论是在人力、物力还是财力上，政府层面都给予实体书店大力支持，这成为实体书店回归的重要原因。

读者阅读体验要求的提升

随着实体书店的转型，现在的书店不再像传统书店一样单一地售书，而是为读者营造更好的文化体验空间。更多人愿意走出办公室、走出家里去实体店亲自感受书籍的质感，亲自置身于书店这个文化空间中，亲自触摸性地选择自己想要的图书。我们越来越想要回归最原始的阅读世界，在喧嚣中安静下来领略书香世界的精彩。这是实体书店才能给予我们的珍贵体验。

网络书店弊端显现

人们阅读体验要求提升的同时，网络购书的缺点也开始显现。网络书店不能给予读者很好的购书体验，读者看到的只是冰冷的封面，单一的目录介绍、内容简介，无从感知书的质感，了解书中更多的内容，更没有文化氛围的熏陶。

同时，网络上屏幕对图书的展示空间有限，为了经济效益，商家总会把畅销书、大出版社的书放在首页，读者又缺乏耐心，导致两极分化：畅销的越畅销，冷门的越冷门，阅读呈现单一化。网络书店无法有效发挥"荐书导航"的作用，许多读者开始回归实体书店。

线下反哺线上，提高品牌影响力

亚马逊、当当实体书店的开设，其直接目的或许不是真正地想要开实体书店，而是希望通过实体书店，弥补其网店的不足，通过增强线下的体验感，来扩大自身品牌影响力。因此，与普通实体书店不同的是，他们会鼓励顾客在实体店体验，在线上购买。通过线下反哺线上，最终还是服务于其网店的发展。

因此，亚马逊、当当实体书店的开设是否可以看作一次实体书店的回暖还有待考察，他们只是实体书店的一种另类回归。

寻访伦敦查令十字街

实体书店未来走向

亚马逊与当当实体书店的开设虽说是实体书店的一种另类回归，但也为实体书店的再兴点燃希望。笔者认为，未来像当当、亚马逊这种网店实体化的现象还会继续，但是它们并不会终结普通实体书店的生命，而是两者融合后，呈现出一个新的形态。

各实体店统一定价

在定价上，要最终归结到图书定价制度的改革上。价格战持久打下去，最终受伤的绝对不只是实体书店、出版社，目前看似受益的电商包括读者都会相继受到价格战的挫伤。防止因价格战而造成的不良竞争，图书定价制度必须改革。图书统一定价并立法势在必行。当所有图书不论其销售渠道和场所怎样都是同一个价格的时候，顾客就会把更多的注意力转移到书或书店本身，从而形成一个良性的竞争。所以未来的实体书店应该是统一定价的。

选择适合自身的道路，风格多样

在风格走向上，未来实体书店定会呈现多样化的风格，可以像亚马逊、万圣书屋一样，以图书专营为主，但在设计和服务上有其特色；也可以像当当、诚品一样，打造多元文化空间，集各种经营于一体，打造文化 IP；主题上，可以综合各类图书，也可以像蒲蒲兰绘本一样专营童书……未来实体书店也将呈现出多样化的形态。

图书的选择实现个性化定制

在图书选择上，实体书店会呈现更加定制化的服务。未来大数据的力量肯定会更加强大，数据分享性和获得性也更强。实体书店要基于每位用户读书、购买行为的大数据分析，根据用户的需求进行图书的选择与陈列，让每位走进书店的顾客都可以挑选到自己满意的图书。

线上线下双渠道销售

在销售渠道上，会呈现线上线下可以同时进行的状态。互联网时代下，传统书店单一的销售渠道定是不符合潮流的。这并不是说实体书店也要开设网店，而是要与网络销售平台合作。这种网络销售平台不同于当当网等网上书城或网上书店，不仅仅包括要销售的图书产品介绍，还包括销售该图书的实体书店的情况说明，每家实体书店都可以有一个单独的书页，书店可以登录并自行上传书店地址、营业时间等信息。消费者可以在网络联合销售平台上购书，然后在线下取书，也可以在线下选书，线上下订单。

寻访伦敦查令十字街

这样不论是实体化的网络书店还是普通的实体书店都可以做到 O2O 经营。

成为民族的精神记忆

笔者相信,未来的实体书店不仅仅是售书、娱乐、阅读休闲的专营抑或多元的文化空间,更是一座城市的地标、文化象征、精神记忆。当提起一座城市的时候,可以想到这个书店。就像美国旧金山的城市之光一样,代表着"垮掉一代"的民族精神记忆。

参考文献

[1] 魏凯. 亚马逊书店探访记 [J]. 出版广角,2016(14):21–23.
[2] 尹立娜. 实体书店业态复苏的原因探析 [J]. 新闻研究导刊,2016(15):258.

(刊载于《学园》,2016 年第 33 期)

试析电商企业开设实体书店的模式创新

——以当当网为例

陈思淇* 叶 新

近几年来,国家对传统书业的支持力度不断加强,"全民阅读"已三次被写入《政府工作报告》。2016年6月,中宣部、财政部等11部委联合下发《关于支持实体书店发展的指导意见》,并召开全国实体书店发展推进会。2017年年初,国家新闻出版广电总局下发了《关于开展2017年全民阅读工作的通知》,明确了2017年全民阅读工作的8个着力点,这标志着全民阅读工程又迈出了坚实的一步。在我国大力支持传统书业发展的这几年里,实体书店不仅在线下的零售市场中展现了新活力,还结合"互联网+"概念找到了网上发展的新方向。在线上线下结合的努力创新中,实体书店发展燃起了新的希望。开卷公司《2016年图书零售市场报告》

---

* 陈思淇:辽宁大连人。北京印刷学院出版硕士。现供职新华出版社。

寻访伦敦查令十字街

显示,网络书店全年码洋达到365亿元,首次超过实体书店的全年码洋(336亿元)。报告指出,网络书店全年码洋增长的主要推动力是第三方平台的建设,而这些第三方平台均来自实体的图书供应链,包括供应链上游的出版社和图书公司的直营网络旗舰店,供应链中下游的新华书店、民营书店,以及一些调整战略后转战网上的批零兼营的书店。这一现象说明2016年传统出版业、实体书店业努力实施"互联网+"策略,进军网上书店领域并取得了可喜的成绩。

正当传统书店如火如荼地发展线上业务、不断进行"互联网+"的转型升级之时,作为国内最大的图书电商品牌,当当网于2016年9月开设了国内首家"O+O"实体书店,这个坐落于湖南长沙的梅溪书院在开业当天不仅累计客流量达2.7万人次,还实现了20.56万元的营业额。自此当当网逐步实施"在3年内将'O+O'实体书店覆盖我国华北、华东、中南、西部地区,数量共计1000家"的计划。此后的沈阳大悦城书店、龙岩的未言书店,以及不久后将出现在大润发、家乐福等超市中的多家当当超市书店可能会使业内的质疑升温:在我国实体书店不断进行线上线下融合并取得可观成绩的今天,当当网逆向而行,会成功吗?

其实,当当网并非第一家从线上走到线下开实体书店的图书电商,早在2015年11月,图书电商巨头亚马逊就在美国西雅图开办了第一家自主经营书店（Amazon Books），近期，亚马逊发布了 2017 年新的开店计划，表明其继续开办实体书店的决心。许多业内人士开始思考，国际、国内的图书电商巨头纷纷从线上走到线下，与传统书店纷纷发展线上业务正相反，这些带着互联网基因的图书电商企业逆势而为，他们的实体书店与传统书店到底有何差异？他们创办这些实体书店的独特之处在哪里，又会给我国书业的未来发展带来怎样的启示和改变呢？

降低成本需兼顾各方利益，实现共赢是关键

随着"全民阅读、书香社会"政策的倡导和推进，实体书店获得很多政策上的支持，但是对于实体书店来说，最大的成本包袱仍然是房租和装修费用。那么当当网在创建实体书店时是如何解决这一成本问题的呢？当当网负责人回应："搭建书店是为了实现文化搭台，经济唱戏。我们是给文化'暖炕'。"在具体实践中，当当网努力与各地政府、商业项目以及现有书店合作，在最初设计当当实体书店商业模式的时候，就把负荷最重的房租和装修费用以合作方式转嫁了。比如，现在很多大型百货商场饱受电商冲击，客流量大幅下降，那么新建书店就会在一定程度上给商场带来客流量。如果让书店来给商场"暖炕"，就需要商场提供几件

寻访伦敦查令十字街

"衣服",所以为了增加客流量,商场情愿承担房租、水电以及装修等费用,如果是实力强大的商场,还可能会给书店提供一定的运营补贴。而书店回馈给商场的必须是使其满意的成绩。当当首家开业的实体书店梅溪书院便可体现这种共赢模式的优势。梅溪书院在开业3个月时间里举办了30个与国内一、二线作家互动的活动,月销售额可达三四百万元,平均日销售几千册图书。当然,书店本身的销售额对于商场来说还是次要的,更为闪亮的数据是,书店的日均顾客人数为1万人左右,这相当于面积几十万平方米的商业综合体,如日均客流量为3万人,那么其中有三分之一源自面积仅仅几千平方米的书店。相反,商场自身的客流也会给书店带来可观的收益。双方共赢其实就是"你来出地,我来出人",互惠互利实现利益的最大化。

目前除了3家面积1000平方米左右的书店,当当网还有140家已经开业的超市书店。合作的超市暂时还不允许当当网在超市书店摆放明显的品牌标识,因此很多读者并不知道这些离自己的生活很近、非常便利的书店属于当当网。关于超市书店,当当网有自己的一套共赢思路。据当当网负责人介绍,因为过去这些超市书店就存在,所以当当网直接将它们收购过来,进行改造和升级。在传统印象中,大家对超市书店的印象并不太好,一是书籍种类比较单一,无非生活类、健康类图书,甚至还有相面的图书;

二是经常光顾超市的消费者除了被新鲜廉价的蔬菜水果和打折日用品吸引，很少会被超市里摆放的过时图书吸引。然而，很多业内人士没有意识到，超市离人们的日常生活非常近，因此，当当网从这些完全不被传统书业界看好的超市书店身上嗅到了商机。当当网做了长期规划——在接收这些书店后，它会逐渐淘汰非优秀选题的图书，并利用当当网的供应链，将一些高品质的图书和畅销书摆放进去，当改造升级完成之后，当当网会和超市签订协议，宣传当当网的超市书店。消费者会惊喜地发现，大润发、家乐福等很多超市里出现了当当网的身影。这无疑是当当网全力打造其品牌形象的一个有力举措，在扩大当当网影响力的同时，也给消费者带来了无限的便利。我们不妨试想，几乎每日都去超市购买食材和日用品的人们，可以轻松方便地阅读畅销书或者优质烹饪图书、家居图书，在购物之余顺便购买一本心仪的书，是多么省时省力、令人愉悦的体验。此外，从商业盈利上来看，超市和当当实体书店可以通过这种方式实现共赢，超市每日相对稳定的客流同样也是当当超市书店的目标顾客群，当当专业化的书店经营不仅会给超市顾客带来更好的购物体验，也能给自身带来可观的销售业绩。

寻访伦敦查令十字街

智慧书店需考虑读者需求，大数据应用是关键

走进书店选购图书的读者，大多数希望在一个静谧舒适的阅读环境里，读一些自己喜欢的、真正的好书，或挑选购买几本自己心仪的好书，这也是所有书店的目标。当当实体书店的选书团队对进店图书的挑选非常严格，不是什么书好卖就跟风卖什么，他们会根据当当网的大数据筛选结果来挑书。同时，选书团队还根据当地读者的文化水平及读书喜好等数据对读者进行精准推送，有针对性地推荐适合他们的书籍品类，甚至是创新型的多维度图书。当读者走进这样的书店时，他所看到的书，很可能就是他想要的，这无形中减少了读者的挑选时间。同时，通过大数据，当当网还可以向读者推介他们喜欢的作者近期举行的线下活动。这种"O+O"的线上线下融合和互动模式，是传统实体书店不具备的。

从某种意义上说，大数据左右了书店甚至店员的意志，当当实体书店所销售的图书均由数据决定。这种基于庞大客户数据库来挑选图书的方式，是当当网将大数据这一概念深层次地渗入实体书店建设的举措，或者说，当当实体书店是一个线下数据实验室，是一家真正拥有了互联网大数据基因的智慧书店。如果说现今的传统实体书店是在通过线上经营给自身增加资本的话，那

么当当网已经提前开启了实体书店新的智慧之门，其对传统实体书店的短期冲击显而易见，但从整个实体书店业的长远发展来看，利大于弊。

书店经营需保持功能多元化，文化体验是关键

当当网目前正式开业的 3 家实体书店均坐落于商业区，面积都大约 1000 平方米，在装修风格上，设计感和时尚感兼而有之。比如首家当当"O+O"书店梅溪书院外观灵动秀美，外形仿佛一架钢琴，内部的空间设计比较独特，以红色为设计主色调，以楼梯为主题设计概念，充满了创意感。第二家当当实体书店位于沈阳大悦城，其传承了梅溪书院的城市文化坐标特色，外观设计和内部装修风格也让人眼前一亮。当当网在打造实体书店的过程中，无论是高调时尚的外观和装修风格，还是书店功能区的布局设计，都花费了不少心思。可以说，当当实体书店是一个集书店、咖啡馆、讲座活动场地、艺术展厅等功能场所于一体的文化社交场所。当当网还增加了一些体验业态，比如儿童教育、工坊、手工艺品蛋糕烘焙、健身房等。当当实体书店类似于台湾知名的诚品书店，围绕书店这一生活场景进行布局，提供多元的文化产品。当当实体书店通过提供多元服务实

寻访伦敦查令十字街

现盈利，以弥补销售图书可能带来的亏损，这是当当实体书店在日常经营层面上的策略。有了大数据作支撑，通过合作、多元经营解决了成本压力问题，当当实体书店在图书销售中基本能做到线上线下同步优惠。

当当实体书店计划通过"SoLoMo"（Social，Locial，Mobile）概念为读者打造文化社交空间。线上活动取代不了线下的图书社交活动，当当"O+O"书店依托"互联网+"概念，既弥补了传统书店在互联网营销上的短板，又突出了传统书店在社交和文化体验上的强大功能，为互联网时代的文化生活提供了更适合读者的解决方案。当当"O+O"书店与电商企业简单的O2O模式相比，有了功能上的创新。当当实体书店会定期邀请名人、作家举办见面会和文化沙龙，增加了书店在"人文"方面的细节设计，为当当读者提供更丰富的阅读体验。当当网的混业经营战略值得传统实体书店学习，其以阅读文化为经营核心，以多元的文化体验为盈利起点，注重吸引人流量和营造阅读氛围，将发展重点从销售图书的盈利模式转变为多元盈利模式。正是当当实体书店这种与时俱进的理念，使其精准抓取顾客需求，实现了电商企业开设实体书店的模式创新。

书业发展需围绕"大文创"概念，产业链延伸是关键

当当网被称为"中国的亚马逊"，当当实体书店的落地，并非其向图书领域发展的全部。当当网的目标是发展"大文创"产业。第一，当当实体书店的核心产品是图书，边缘产品是书店餐饮，而服务产品则是与读者互动的各种沙龙活动。第二，当当网开展多元经营，依托多年积累的数字阅读数据库和图书改编 IP 的核心资源，开辟了影视板块，成立了当当影业。第三，当当网涉足艺术文化领域。比如梅溪书院，书院周边开设了翡翠馆、水晶馆、书画馆、瓷器馆、绣品馆等，销售文创产品。第四，当当网推出自出版平台，投资了 10 个图书出版公司，计划建立以内容版权为核心的价值生态循环链。第五，当当网计划建立对作者和后台编辑开放的 IP 平台（知识产权平台），然后把出版商、内容提供商，以及知识产权下游都纳入这个平台。第六，当当网自主研发了"翻篇儿""当当读书""听书""H5 书城""当读小说"5 款数字阅读产品。第六，在硬件上，当当阅读器高调回归。可以说，当当的野心并非 1000 家书店这么简单，其将书店作为枢纽和品牌支撑点，不断延伸产业链的上下游，最终做大做强自己的"大文创"概念。

如此看来，当当网是想将文化进行到底，而非将实体书店掐

寻访伦敦查令十字街

死,它想让更多的人把实体书店和文化生活变成一种日常习惯,让更多的人拥有高品质的生活。毫不夸张地说,当当网正在做的事其实是在延伸书店产业链,提高国民的文化生活水平,这也正是传统实体书店或文化产业应该带给民众的有益之举。

一家书店,从传统思路来看,如果想生存下去,一是要降低成本,二是要增加客流,三是要增加盈利点。但当当网将互联网基因带入了实体书店的建设,便形成了完全不同的发展战略。不久前,累计销售图书20多亿册的当当网负责人在采访中说:"实体书店一度衰落,甚至出现倒闭潮,并不是因为需求减少,读者需求一直旺盛,是供给侧出了问题。"针对这样的观点,依托大数据和完善物流体系打败实体书店的线上图书电商大户当当网,在把实体书店掐个半死之后,又要来复活实体书店了。它看似是在做实体书店的买卖,但是它的基因和传统实体书店完全不同。可以预见的是,传统的实体书店的发展可能会被进一步打压,但是基于互联网电商诞生的新书店会给整个实体书店业带来新的生命力。未来,实体书店如果想实现健康长远的发展,就应该更加注重对文化附加值和读者购书数据的研究,不是要求读者去找自己需要的书,而是知道读者需要什么书,这才是书店亟须研究和解决的问题,读者也将从中获得更廉价的商品和更多元的服务。

希望在不久的将来，实体书店做得更加贴近读者的需求，让卖书这件事不再古板，让用户成为中心，让大数据推动销售，让体验为王的时代真正到来。当实体书店进入破冰期，实体书店的生存和发展也迎来了春风。在这样的背景下，当当网适时地从线上走到线下，拥抱发展新机遇，是大势所趋。当当网正试图通过对读者阅读生态的不断探索找到更好实现图书销售和发展文化产业的道路。相信在不久的将来，必将有更多的传统实体书店变成城市中独具特色的文化地标，为读者营造身边的文化客厅，为我国实现全民阅读梦想助力添彩。

参考文献

[1] 孙海悦.2017年全民阅读工作着力八方面重点[EB/OL].（2017–01–24）[2017–01–30]. http：//news.xinhuanet.com/ book/2017-01/24/c_129459955.htm.

[2] 当当实体书店开业，李国庆：我们给文化"暖炕"[EB/OL].（2016–09–03）[2017–01–19]. http：//www.cptoday.cn/news/detail/1773.

[3] 王珍一.当当网逆势而行退市开实体书店，李国庆是廉颇老矣，还是英雄归来？ [EB/OL].（2016–10–20）[2017–01–22]. http：//mt.sohu.com/20161020/n470740531.shtml.

后　记

坐落在英国伦敦查令十字街上的马克斯与科恩书店，本是这条世界驰名的"书店街"上的一个小书店，声名远不及福伊尔斯书店。这家小书店虽然已经关门许久，依然成为众多爱书人魂萦梦牵的圣地，都是拜海莲·汉芙的《查令十字街84号》（84, *Charing Cross Road*，台湾版的书名译作《查令十字路84号》）所赐。

这本集子名为"寻访伦敦查令十字街"，因为对我们爱书人来说，这条书店街总是那么迷人，值得我们一次又一次去探访。

自2009年4月走访查令十字街之后，我对《查令十字街84号》这本书本身产生了浓厚的研究兴趣。从2014年起，我接连推出了《书店话今昔——追记伦敦查令十字街之旅》《〈查令十字街84号〉背后的故事》《海莲·汉芙与简·奥斯汀》《〈查令十字街84号〉在华人世界传播的四个推手》《〈查令十字街84号〉在日本的出版》《〈查令十字街84号〉背后的"金小姐"》等多篇文章。而海莲·汉芙1985年推出的文学回忆录《Q的遗产》（*Q's Legacy*），是我写作的重要参考来源。我希望有一天哪家出版社能够慧眼识珠，推出此书的中文版。

值得一提的是《140年前，最早到英国查令十字街访书的中国人》《查令十字街上的民国访书者身影》两文。前者揭示我国驻英公使郭嵩焘是最早提到这条书店街的中国人（至少目前是），而在伦敦国王学院攻读化学并充任驻英使馆翻译的罗丰禄，如果奉郭嵩焘之命成行，他就是最早到此访书的中国人。后者则指出在20世纪三四十年代，王云五、朱自清、杨宪益、夏鼐诸位学人曾来此访书。我想借此说明，并不是在海莲·汉芙1970年推出《查令十字街84号》之后，众多中国人才来此造访。在这条书店街上，早就有了中国人出入书店的身影。

众所周知，每年的4月是世界的读书月，于我而言，则兼具海莲·汉芙的纪念月。因为她的生日是4月16日，她的忌日是4月9日，生日和忌日在一周之内，是一种巧合，也是我们纪念她的理由所在。《寻访伦敦查令十字街》这本书能够在4月出版，也是对海莲·汉芙一种最好的纪念了。

在此，特别感谢著名出版人、作家杨小洲先生，著名书评人姚峥华女士，南京大学新闻传播学院朱丽丽教授，中国政法大学学报编辑部主任陈夏红编审，湖北第二师范学院芦珊珊博士，他们慨然允诺将他们的文章编入本书，为本书增色不少。

寻访伦敦查令十字街

还有那些为本书撰文的"84号迷"们,他们大多是我的学生,也有出版社的编辑朋友,为着对同一本书的挚爱而与本书结缘。

感谢北京印刷学院尤其是编辑出版系主任张文红教授对本书出版的大力支持,为的是加强本校的编辑出版学一流专业建设。感谢我的合作者也是我的研究生吴雅婷同学的汇编工作,也感谢知识产权出版社的阴海燕和于晓菲两位编辑的专业性帮助。

最后要说的是,我仍对《查令十字街84号》有着浓厚的研究兴趣,希望有更多的同好参与其中,一起享受爱书人才有的乐趣。

叶新志于北京南城鸣秋轩

2023年4月9日